KB120949

오늘 당신의
삶에 대해
니체가 물었다

하루 한 편, 니체의 지혜로 마음의 빛을 밝히다

오늘 당신의 삶에 대해 니체가 물었다

초판 1쇄 발행일 2024년 09월 27일
초판 2쇄 발행일 2024년 10월 10일

지은이 강민규
펴낸이 양옥매
디자인 표지혜
마케팅 송용호
교 정 조준경 김형우

펴낸곳 도서출판 책과나무
출판등록 제2012-000376
주소 서울특별시 마포구 방울내로 79 이노빌딩 302호
대표전화 02.372.1537 팩스 02.372.1538
이메일 booknamu2007@naver.com
홈페이지 www.booknamu.com
ISBN 979-11-6752-526-0 (03800)

오늘 당신의 삶에 대해 니체가 물었다

강민규 지음

하루 한 편,
니체의 지혜로 마음의
빛을 밝히다

책과나무

추천사

강민규 작가의 『오늘 당신의 삶에 대해 니체가 물었다』는 니체를 단순히 머리로 이해하지 않고 온몸으로 이해하려고 한 노력의 결실이다. 이러한 독서법이야말로 니체가 독자들에게 가장 원했던 것이다. 니체는 독자들이 자신에 대해 많은 지식을 쌓는 것보다는 자신의 한마디 말이라도 독자들의 피와 살이 되길 원했기 때문이다. 강민규 작가가 니체의 글에서 살아갈 힘을 얻었던 것처럼, 이 책의 독자들도 삶에 대한 희망과 용기를 얻게 될 것이다.

_**박찬국** 서울대 철학과 교수

Friedrich Nietzsche

'1억분의 1의 확률'을 뚫은 사람들

총알이 빗발치는 전쟁터에서 아군의 총알이 적군의 총알을 뚫을 확률. 솜사탕 빛을 띠는 희귀종 랍스터가 나타날 확률이 1억분의 1 정도가 된다고 합니다. 벼락을 맞을 확률이 28만분의 1 정도이고, 벼락보다 더 맞고 싶은 로또 1등 당첨 확률도 약 800만분의 1밖에 되지 않습니다. 아무리 열심히 공부해도 전교생 300~400명 중 1등을 해보지 못한 현실에서, 800만분의 1도 너무나도 커 보이고, 1억분의 1은 남의 이야기처럼만 들립니다.

그런데, 우리는 모두 1억분의 1의 확률을 뚫은 사람들입니다. 태어나기 10달 전 우리는 이미 그 어마어마한 확률을 뚫고 이 세상에 태어났죠. 어쩌면 그 이상일지도 모르겠습니다. 이렇게 엄청난 경쟁에서 살아난 경험이 있어서인지 우리는 꽤나 능력이 좋습니다. 무언가를 배우고 익히고 살아가죠. 또한 배운 것들을 연결시켜 무언가를 만들어 내는 능력도 좋습니다. 그리고 이 무언가를 통해 우리의 인생을 빛나게 하기도 합니다. 누군가는 글로, 누군가는 학문으로, 또 누군가는 사랑으로…. 이것들을 자신만의 '광원(光源)'으로 삼아 빛을 내며 살아갑니다. 그리고 이 빛이 주위를 얼마나 오랫동안 비추는지에 따라서 인생이 달라지곤 합니다.

우리는 각자의 빛을 가진 별입니다

밤하늘의 별과 우리의 삶이 참 많이 닮았다고 생각합니다. 우리가 우연히 그 높은 확률을 뚫고 태어난 것처럼, 가스와 먼지구름들이 우연히 높은 온도에서 한데 어우러져 별이 만들어집니다. 그리고 우리가 가진 경험과 지식을 통해 주변을 밝게 하는 것처럼, 별도 자신이 가지고 있는 물질을 태우며 빛을 발산하죠. 어떤 별은 태양처럼 밝기도 하지만 어떤 별의 빛은 조금은 희미하기도 합니다. 이렇게 각자의 빛을 내며 인생을 살아갑니다. 우리의 인생이 삶의 지혜가 되어 자손들과 주변에 영향을 주고 언젠가 이 세상을 떠나는 것처럼 별들도 언젠가 죽게 됩니다. 별이 늙으면 초신성이 되어 폭발하고, 이 폭발의 조각은 또 다른 별들을 생성하는 시작이 되는 것 처럼요.

이 세상에 수많은 사람이 있지만 각자가 가진 빛은 다릅니다. 누구는 붉은빛을 가지고 있고, 또 다른 누구는 푸른빛을 가지고 있습니다. 또 누군가는 밝고, 누군가는 조금 어둡기도 하죠. 색이 어떻든 밝기가 어떻든 우리 모두 자신만의 빛을 가지고 세상을 살아가고 있습니다. 우리는 이 넓은 세상을 살아가면서 더 빛나기 위해 밝게 빛나는 별을 보고 따라 해 보기도 하고, 어두운 별이 있으면 측은함이 들어 비춰 주려고도 합니다. 이렇게 밝아지려 노력하고, 어두운 곳을 밝히려는 빛의 선순환으로 세상은 조금씩 밝아지고 있습니다.

철학자 프리드리히 니체(Friedrich Nietzsche, 1844~1900)는 "춤추는 별을 잉태하려면 반드시 스스로의 내면에 혼돈을 지녀야 한다."라고 이야기합니다. 혼돈을 지녀야 한다는 말은 이 세상을 밝게 하기 위해서는 다양한 지식과 경험을 쌓아야 하고, 고민과 고통의 과정을 겪어야 빛이 날 수 있다는 말입니다. 하지만 이 고민과 고통의 과정은 꽤나 힘들어서 우리에게 포기와 실패를 안겨 주곤 합니다. 그래서 우리는 점점 빛을 잃어 가곤 합니다.

우리 모두 1억분의 1의 확률을 뚫고 세상을 밝히기 위해 태어난 별과 같습니다. 하지만 안타깝게도 태어났다고 해서 자신만의 빛으로 세상을 밝히지는 못하는 게 현실입니다. 빛을 찾지 못해서 또는 빛을 잃어서, 그렇게 그냥 어둡게 하루하루를 살아가곤 합니다. 빛을 내기 위해서는 무언가 필요합니다. 그 무언가는 지식과 경험이 결합된 자신만의 삶이겠지요.

어떤 지식과 경험이 우리에게 아름다운 빛을 내도록 도와줄까요? 애매하지 않고, 돌려 말하지 않는, 단순하지만 따르면 좋은 지식과 경험이 가장 쉬운 해답이 될 것입니다.

니체의 말은 단순하지만 강한 힘을 가지고 있습니다. 애매하게 이야기하지 않고, 돌려서 말하지도 않습니다. 직설적으로 우리에게 이야기해 줍니다. 자신만의 빛을 가진 밝은 별이 되라고.

글로 세상을 밝히고 싶습니다

매일 새벽, 이 우직한 글들을 손으로 쓰며 하루하루를 살았습니다. 그러다 보니 조금씩 밝아지는 제 자신과 주변을 느낄 수 있었습니다.

무너질 뻔했지만 무너지지 않게 받쳐 주었습니다.
포기하고 싶었지만 포기하지 않게 손을 잡아 줬습니다.
참 미웠던 저였지만 더 사랑하게 되었습니다.

그의 말 때문에요.

별이 되고 싶어서 젊음을 바치며 살았습니다. 하지만

쉽지 않았습니다. 혼자서만 빛나고 높이 떠오르는 게 별인 줄 알고 살다 보니 어려웠습니다. 별은 주변을 밝게 하는 것이 본질인데 이를 모르고 무턱대고 혼자만 빛나려고 했으니까요. 그런데 작은 빛마저도 꺼질 것 같은 위기가 왔습니다. 힘들었습니다. 뭐라도 해야 했습니다. 빛을 잃지 않기 위해서….

이 어두운 마음을 비추기 위해 글을 쓰기 시작했습니다. 그 시작은 다른 사람에게 하는 말이 아닌 제 자신에게 하는 말이었습니다. 그런데 글에는 빛처럼 어디로든 번지는 힘이 있었습니다. 글은 저뿐 아니라 다른 사람들도 밝힐 수 있다는 것을 알게 되었습니다. 저처럼 빛을 잃어 가는 분들에게 작은 희망을 드리기 위해 용기 내어 책으로 엮어 보았습니다.

이 책을 읽는 분들이 자신의 빛을 찾아갔으면 좋겠습니다. 조금이라도 밝아졌으면 좋겠습니다. 그리고 그 빛으로 주위를 더 밝게 비추셨으면 좋겠습니다. 빛을 잃어 가고 있는 사람들의 눈에 잘 띌 수 있게요. 그러다 보면 주변의 어두운 그 누군가도 밝아질 수 있겠죠.

결국 이 세상이 훨씬 밝아질 수 있겠죠.

우리는 모두 빛나는 별이니까요.

소중한 가족들과 가장 사랑하는 아기별 리아의 인생에도 빛나는 별의 아름다움이 오래도록 함께했으면 좋겠습니다.

2024년 9월

강민규

차례

추천사 • 5 들어가며 • 7

1장 별이 태어나기 위해서

아직 피어나지 않은… • 19 젊은 소년들이여 • 27

공포심을 버리고 • 37 지금 당장 시작하세요 • 47

자기 자신을 이해하며 • 57 꿈에 책임을 지고 • 67

나를 사랑하고 존경하세요 • 75

2장 빛을 찾아가기 위해서

조금은 고통스러워도 • 85 조급해하지 말고 • 93

노력의 힘을 믿으세요 • 101 나만의 무기를 가지고 • 109

포기하지만 않으면 됩니다 • 119

가장 재미있는 건, 성장이니까요 • 129

3장 빛나기 위해서

완벽하지 않아도 됩니다 • 141 75%만 노력해도 돼요 • 151

자신만의 눈으로 • 161 비판을 두려워하지 말고 • 169

아이처럼 기쁘게 사세요 • 177 후회하지 않으려면 • 185

대세를 따르지 말고, • 195 이제 내 이야기를 하세요 • 205

4장 더 밝게 빛나기 위해서

사랑받기를 기대하지 마세요 • 215

아무리 싫은 사람이라도… • 223

같이 행복하면 3차원 행복이니까요 • 231

가치 있는 사람이 되어서 • 239 신뢰를 얻고 • 247

행복한 나무가 되세요 • 257 서로 칭찬하며 • 267

힘이 되는 기쁨을 주세요 • 277

누가 뭐래도 사람이 꽃보다 아름다우니까요 • 285

미주 • 292 참고문헌 • 296

1장

별이
태어나기
위해서

●

누구든지 한 가지의 능력은 가지고 있다. 그 하나의 능력은 오직 그만의 것이다. 그것을 일찌감치 깨닫고 충분히 살려 성공하는 사람도 있고, 자신의 한 가지 능력, 즉 자신의 본성이 무엇인지 모르는 채 살아가는 사람도 있다.

틀림없는 사실은, 어떠한 경우라도 주눅 들지 않고 씩씩하고 과감하게 그리고 꾸준히 도전해 나가면 언젠가는 자신만이 가진 한 가지 능력을 반드시 깨닫게 된다는 것이다.[1]

– 프리드리히 니체,

『인간적인 너무나 인간적인Menschliches, Allzumenschliches』(1878)에서

아직 피어나지 않은…

가끔 우리 자신이 할 줄 아는 게 없는 사람처럼 느껴질 때가 있습니다. TV에 나오는 유명인이나 잘나가는 친구들은 각자의 능력을 살려서 성공한 것 같은데 나만 척박한 현실 속에 갇혀서 아등바등 버티며 살고 있는 것 같기도 합니다. 내가 그렸던 미래는 이런 미래가 아니었는데 말이죠.

'나는 왜 다른 사람들처럼 성공하지 못할까?'라는 생각을 하다 보니 자연스레 타인과 비교를 하게 됩니다.

'성공한 사람들은 돈이 많은 부모님을 만나서 성공했을 거야.'

'어려서부터 능력을 찾기 위해 다양한 경험을 했을 거야.'

'그들은 나와는 다른 사람들일 거야.'

이렇게 애써 자기합리화를 하곤 합니다.

그리고 이 합리화는 '나에게는 그런 능력이 없어.'라고 단정 짓게 만듭니다. 그러다 보면 '이왕 이렇게 된 거, 한 번 사는 인생 후회 없이 즐기자!'라는 마음가짐으로 현재의 즐거움만을 쫓기도 합니다. 내 안에 숨어 있는 능력을 꺼내지도 못한 채 말이죠.

하지만 어떤 부모님 밑에서 나고 자랐든, 어떤 학교를 다녔든, 어떤 사람들과 함께 살았든 우리에게는 각자 고유한 능력이 있습니다. 굼벵이도 구르는 재주가 있는데, 훨씬 훌륭한 우리에게 능력이 왜 없겠어요.

혹 자신이 능력이 없다고 생각한다면 그건 '지금'의 착각일 뿐입니다. 우리에겐 능력이 없는 게 아니라 '아직' 발견하지 못한 것뿐이니까요.

글을 쓰고 작가가 되는 것은 특별한 사람들만 할 수 있는 일인 줄 알았습니다. 어려서부터 책을 많이 읽고 국

문과를 나온 사람들이나 가지는 능력인 줄 알았습니다. 저에게는 그런 능력이 없을 것이라 생각하고 살았습니다. 하지만 마흔이 가까워지는 나이에 그냥 글을 쓰다 보니, 이렇게 책을 쓰고 있기도 합니다.

아직은 능력인지 노력인지 모르겠습니다. 하지만 지금은 이것이 능력이라고 믿어보고 꾸준함이란 노력을 더해 그냥 글을 쓰고 있습니다. 이 믿음이 착각일지도 모르겠지만, 크게 신경 쓰지 않습니다. 어떤 능력이든 하루아침에 '짠!' 하고 나타나는 법은 없으니까요. 노력을 하다 보면 그 노력이 능력이 되는 거니까요. 무슨 일이든 힘을 쓰다(努, 힘쓸 노) 보면 능히(能, 능할 능) 할 수 있게 되는 것이니까요.

능력을 깨닫는 순간은 사람마다 다릅니다. 누구는 일찍, 누구는 조금 느리게 깨달을 수 있습니다. 성공한 모든 사람들이 이 능력을 일찍 깨달았을 것 같지만, 그건 그 사람 인생의 타이밍일 뿐입니다. 모든 성공한 사람들이 일찍 그 능력을 깨달은 것도 아니니까요. 우리도 마찬가지입니다. 우리의 타이밍은 내일이 될 수도, 1년 후, 5년 후, 혹은 그 이후가 될 수도 있습니다.

서른이 넘은 나이에 글쓰기 재능을 발견하고 전 세계적인 작가가 된 조앤 K 롤링. 51세에 사업에 실패한 후 1,008번의 거절을 당하고 1,009번째에 투자를 받아 65세에 KFC를 만든 커널 샌더스. 20년 동안 실패했지만, 결국은 늦은 나이에 성공해서 사장들을 가르치고 있는 김승호 회장. 이들이 처음부터 성공한 인생을 살았을까요? 성공하기까지 젊은 시절에 고통과 시련이 없었을까요? 아닐 겁니다. 분명 고비와 좌절, 실패가 있었습니다.

하지만 적어도 그들은 꾸준히 노력했습니다. 그리고 이 노력이 능력이 되어 그들이 능히 할 수 있게 해 주었습니다. 그래서 그들은 빛나는 별이 되어 이 세상을 각자의 빛으로 밝혀 주고 있는지도 모릅니다. 우리는 그들의 그 빛나는 순간을 보고 있는 것뿐이고요. 그러니 우리에게 능력이 없다고 자책하지 마세요. 우리 모두에게는 각자의 능력이 있습니다. 그리고 그 능력은 '아직' 피어나지 않은 것일 뿐입니다.

『레이트 블루머』[2]라는 책이 있습니다. 뒤늦게라도 결국 성공하는 사람들의 이야기를 다루고 있어요. 이 책에 있는 한마디가 우리도 언젠가 빛날 수 있다는 용기를 줍니다.

'당신은 결코 루저가 아니다. 다만 아직 꽃을 피우지 못했을 뿐.'[3]

우리는 아직 피지 못한 것입니다. 우리도 언젠가 필 수 있습니다. 우리만의 빛으로 더 아름답게 피어날 수 있습니다.

“

세상은 그리 가혹하지 않기에,
힘들고 괴로워도 꼭
믿어야 할 것이 하나 있다.

나에겐 남들과는 다른
나만의 능력이 있다는 것이다.

내가 포기하지 않는 한,
그 능력은 내 인생을 더 나은
곳으로 데려다줄 것이다.

”

위인 중 많은 사람들은 위대한 것이 아니라 다만 정의롭지 못했을 뿐이다. 그리고 다른 위인들 역시 그들의 통찰, 그들의 시간, 그들의 교육, 그들의 반대자가 허용했던 만큼의 정의를 실천했기 때문에 위대했던 것이 아니다. 그들은 자신의 정의를 믿었다.

그는 아마도 어린아이에 불과할 수도 있고, 모든 연령을 오가는 카멜레온일 수도 있으며, 마법에 걸린 여자일지도 모른다.[4]

– 프리드리히 니체,

『즐거운 학문Die fröhliche Wissenschaft』(1882)에서

젊은 소년들이여

어렸을 때는 '어른스럽다'라는 말이 칭찬인 줄 알았습니다. 다른 친구들에 비해서 일찍 자신의 길을 정하고 보편적 가치와 현실적인 꿈을 위해 노력을 하는 친구들은 성숙하고 어른스러워 보였습니다. 이리저리 방황하지 않고 자신의 꿈을 위해 열심히 공부하는 모습은 어른들이 보기에 꽤나 괜찮은 어른이 될 수 있을 것 같아 보였습니다. 참 멋있어 보였습니다.

하지만 막상 그런 어른이 되어 보니 그렇게 어른스럽게 살다가는 한 번뿐인 이 세상, 잘 살기가 힘들어 보입니다. 소중하다고 생각했던 보편적 가치는 이미 옛것이 되어 있고, 과거에 현실적이었던 꿈은 말 그대로 과거의 현실에 불과하기에 지금에서는 '오래된' 그 무언가가 되었습니다. 보편적 가치만 바라보며 단순하게 살던 경험은 '변화'에 어색한 무거움을 만들었습니다. 그렇게 과거의 것만을 최고라고 생각한 채 변하지 못하고 살게 됩니다. 이 시대는 너무 빠르게 변하고 있음에도 불구하고요.

'커서 훌륭한 사람이 되어라.'라는 말을 들으며 자랐지만 현실은 그러하지 못합니다. 회사 내에서는 언제 대체될지 모르는 부속품처럼 살고 있습니다. 하지만 역설적으로 가정에서는 이 부속품의 '어른스러움'을 그대로 대물림해주고 있는 어른으로서 살고 있는지도 모릅니다.

그리고 우리의 자녀들에게 이렇게 이야기하고 있을지도 모르죠.

"얼른 철들어서 훌륭한 사람이 되거라."

가장 존경하는 위인이 누구신가요? 이순신 장군? 세종대왕? 그들이 다른 왕이나 장군보다 더 훌륭한 위인이라고 생각되는 이유는 뭘까요? 본분에 맞게 해야 할 일을 잘했기 때문일까요? 물론 자신이 해야 할 일을 잘하기도 했지요. 하지만 다른 왕과 장군들과는 다르게 비현실적인 꿈을 꾸며 지속적으로 변화하려고 노력한 인물들이 아닐까요?

이런 위인들은 그 옛날 제가 철없던 시절에 막연하게 존경하던 인물들인 것 같기도 합니다. 그렇다면 21세기에 현실적으로 존경받으며 이 세상을 이끌고 있는 인물들은 누구일까요? 스티브 잡스, 일론 머스크와 같은 인물 아닐까요. 더 이상 과거의 인물들만 위인이 되는 시대는 아니니까요. 동시대의 인물이 더 크게 존경받고 현실적인 가르침을 줄 수 있으니까요.

최근에 『일론 머스크』(월터 아이작슨 지음, 안진환 옮김, 21세기북스, 2023)라는 책을 읽었습니다. 이 책을 통해서 그가 어떻게 살아왔는지, 어떤 점이 그를 이 세상에 큰 영향을 주는 인물로 만들었는지에 대해 생각해 볼 수 있었습니다.

남아프리카 공화국. 이름만 들어도 멀고도 험해 보이는 나라에서 머스크는 태어났습니다. 다소 안정적이지 못한 가정환경에서 자랐지만, 어려서부터 그 불안정을 독서를 통해 승화시켰습니다. 대학을 졸업한 후, 그는 자신만의 무언가를 만들기 위해 노력합니다. 그 노력 끝에 페이팔(PayPal)을 통해 성공을 이룹니다. 하지만 보통 사람이 생각하는 성공이 그에게는 성공의 끝이 아니었습니다.

그는 카멜레온처럼 변신을 시도합니다. 전기차 회사의 오너로 변신하여 테슬라를 거대한 자동차 회사로 발전시킵니다. 하지만 그의 변신은 이게 끝이 아닙니다. 그는 스페이스 X 프로젝트를 통해 우주 사업가로 변신을 준비하고 있으며, 전기차로 시작된 사업은 가정마다 에너지 저장 장치를 보급하는 것으로 확장하려고 합니다. 겉으로 보면 이랬다저랬다 하는 변덕 심한 아이처럼 살아가고 있지만 이러한 지속적인 '변신'이 그를 새롭게 하고 현시대의 '위인'으로 만들고 있습니다.

지난 날은 일반적이고 보편적인 것들이 어른다운 가치라고 인정되는 시대였습니다. 누군가에게는 지금도 그런 시대일지 모릅니다. 어른은 어른다워야 하고, 어른이 되면 입이 무거워야 하고, 그럴듯한 자리를 잡고, 결혼을 하고, 가족을 먹여 살리기 위해 한 가지 일에 집중을 해야 한다고 말이죠.

그런데 우리 모두 느끼고 있죠. 더 이상 영원한 자리, 영원한 일은 없다는 것을. 영원하지 않음을 깨닫고 이를 해결하기 위해 변화가 필요하다는 것도 알고 있습니다. 하지만 변화할 자신이 없기에 애써 외면하고 사는지도 모르겠습니다.

"BOYS BE AMBITIOUS(소년이여, 야망을 가져라)"

홋카이도(北海道)를 개척한 윌리엄 스미스 클라크(William Smith Clark, 1826~1886) 교수가 남긴 말입니다. 그런데 이 말에서 'Boy'는 몇 살까지를 이야기하는 걸까요? 'Boy'는 단순히 젊은 남자를 의미하는 것이 아니라 "희망을 위해 전진하고 있는 모든 사람"을 지칭합니다. 그러니 나이를 기준으로 더 이상 'Boy'가 아니라고 해서 야망을 접으면 안 됩니다. 몇 살이든 희망을 가지고 성장한다면 야망을 가질 수 있는 것이죠.

'나는 너무 늙었어. 더 이상 Boy가 아니야.'라고 생각하며 야망을 버리고 변화를 두려워한다면, 그저 그런 보편적이고 단순한 삶이 기다릴 뿐입니다. 그러면 지금보다 '더' 어른이 된 10년, 20년 후에 지금과 같은 후회를 또 하겠죠. '그때 이렇게 했어야 하는데, 훌륭한 사람이 되었어야 하는데….'

변화를 너무 거창하게 생각하지 않아도 됩니다. 일론 머스크처럼 완전히 다른 분야로 바꾸는 것은 현실적으로 힘들 수 있으니까요. 내가 하고 싶은 일, 내가 되고자 하는 방향으로 조금씩, 하루에 한 걸음씩만 나아가도 우리의 인생은 달라질 수 있습니다. 용기를 가지고 보편적이지 않은 나만의 변화를 추구한다면 내가 생각한 비현실도 현실이 될 수 있습니다.

우리가 누군가에게 위인이 될 수도 있습니다. 내가 위인과 같은 마음으로 살다 보면 무언가 변화를 창조할 수 있고, 운과 시기가 맞으면 성과가 나타날 것입니다. 그러면 누군가는 나를 위인이라고 불러 줄지도 모르겠습니다. 일론 머스크가 그랬던 것처럼요.

그러니 소년처럼 야망을 품으세요. 우리가 어렸을 때 비현실적인 장래희망을 적었던 것처럼 무엇이든 될 수 있다고 생각하세요. 그리고 안주하지 마세요. 현실에 대한 안주는 미래의 나에게 좋은 선물을 주기 어렵습니다. 그리고 아무리 어려워도 포기하지 마세요. 세종대왕도 일론 머스크도 주위의 만류와 걱정이 있었습니다. 하지만 포기하지 않았습니다. 그렇게 포기하지 않으니 위인이 되어 버렸습니다.

그들 자신만의 야망을 품고 살다 보니 위인이 되어 버렸습니다. 우리도 못 품을 건 없죠. 전 세계적인 위인, 대한민국에서의 위인은 아닐지 몰라도 각자의 집에서, 회사에서 충분히 위인이 될 수 있습니다. 그리고 조금씩 성장하며 그릇을 키워 나가다 보면, 집 밖이나 회사 밖에서도 위인이 될 수 있을 것입니다. 우린 생각보다 능력이 좋으니까요. 무엇보다 오늘은 내 인생에서 'The Boyst'한 날이니까요.

“

얼마나 큰 야망을 품는지가
꿈의 크기를 정한다.

얼마나 꾸준히 노력했는지가
성공의 정도를 정한다.

야망을 버리지 않고 꾸준히
노력한다면 내 꿈은 세상을
밝히는 빛이 될 수 있다.

”

세계에서 행해지는 악의 4분의 3은 공포감에서 일어난다. 그리고 이것은 무엇보다도 하나의 생리적인 현상이다.

천재성이 우리 안에 살고 있는 한 우리는 용감하며, 아니 미친 것 같으며, 목숨과 건강과 평판에 신경 쓰지 않는다.

그러나 갑자기 천재성이 우리한테서 떠나 버리면, 깊은 공포가 우리를 덮친다.

이 연약한 마음 상태가 고통이다.[5]

– 프리드리히 니체, 『아침놀Morgenröte』(1881)에서

공포심을 버리고

잘 지내다가도 아침에 일어나면 왠지 모르게 힘이 없고 두려운 날이 가끔 있습니다. 때로는 이 감정이 심해져서 하루를 살아 내기가 무서운 날도 있어요. 출근을 하기도 싫고, 아무것도 하기 싫어지곤 합니다. 이유 모를 공포가 바람처럼 불어와 나를 흔들어 대는 것 같습니다.

사람들은 3초마다 한 가지씩 생각을 한다고 합니다. 1분이면 20가지, 한 시간에 1,200가지, 하루에는 2만 8천여 가지의 생각을 하면서 살아가는 것이죠. 이 수많은 생각 중에는 좋은 생각도 있지만, 부정적인 생각이나 두려운 생각도 있습니다. 그래서 바람에 흔들리는 갈대처럼 이리저리 흔들리며 살아가는 것인지도 모르겠습니다. 가끔 좋았다가, 자주 힘들기도 하고. 어떨 때는 자주 좋았다가, 가끔 힘들기도 하죠.

이 바람이 따듯한 남쪽에서부터 불어오는지, 혹은 추운 북쪽에서부터 불어오는지에 따라 우리의 감정은 큰 차이가 납니다. 긍정적인 생각과 부정적인 생각에 따라서 감정에 영향을 주고, 이 감정은 우리의 행동을 좌우하니까요.

니체는 이 세상에 존재하는 악의 4분의 3이 공포심 때문에 생긴다고 합니다. 공포심, 즉 두려워하고 무서워하는 마음이죠. 우리는 무언가가 두렵고 무서워서 이를 피하기 위해 본능적으로 무언가를 만들어 냅니다. 이들 중 정당하지 않고 비겁한 것들을 '악'이라고 통칭할 수 있을지도 모르겠습니다. 돈이 없어서 물건을 훔친다거나 위기를 모면하기 위해 거짓말을 하는 것들이 이에 해당되겠지요.

'악'이라고 표현하니 너무 극단적일 수 있지만, '부정적인 것'으로 이해하면 더 쉬울 것 같습니다. 이는 공포심 때문에 생기는 '부정적인 것'이죠. 무서워서 허세를 부리기도 하고, 누군가와 비교하며 애써 의미 없는 위로를 하기도 하고요. 또, 변화해야 한다는 것을 알면서도 그냥 지금까지 살던 대로 살기도 합니다. 어제까지 살던 방식이 그렇게 공포스럽지는 않았으니까요.

이렇게 마음속의 공포는 허세, 비교, 안일한 삶 같은 것들을 만들어 냅니다. 공포심을 그냥 가지고 살기엔 고통스러우니까요. 이 공포심을 버려야 하는 건 알지만 버리지 못하고 가리기 위해 이런 것들을 만들어 덮어 버립니다. 하지만 이것들은 더 큰 문제를 만듭니다. 허세, 비교, 안일함이 행동으로 표출되면 그 행동이 곧 '내'가 되어 버리니까요. 나만의 빛이 아닌 겉만 번지르르한 가짜 빛이 되어 버리기 쉬우니까요. 그리고 이런 삶을 살다 보면 허세로운 삶, 비교를 통해서 지위를 얻는 삶, 그리고 단순히 모방만 하다가 흘러가는 삶을 살기 쉬우니까요.

감정은 행동을 만들고, 행동이 모이면 나의 미래가 됩니다. 그래서 행동은 생각보다 더 강력합니다. 감정이 강력한 행동으로 표출되기 전, 공포심이 내 마음에 들어온 순간, 이 순간에 이 공포심을 몰아내야 하는 이유이기도 합니다. 내 부정적인 생각이 미래에 악영향을 주지 않기 위해서 말이죠. 어떻게 해야 할까요?

우선, 이 감정이 어디서 왔는지 살펴보아야 합니다. 공포심은 어디에서 오는 걸까요? 우리가 보고 들으며 느끼는 외부에서 왔을까요? 그렇게 생각할 수도 있겠지만, 아닙니다.

지금 우리가 사는 21세기는 외부의 무언가가 공포심을 주기는 어려운 시대입니다. 오래전 옛날처럼 약육강식의 시대도 아니고, 그때 그 시절처럼 권력에 반대한다고 해서 잡아가는 시대도 아닙니다. 외부의 물리적 공포는 거의 없는 시대입니다. 물리적 공포가 거의 사라진 이 시대에서 우리가 느끼는 공포심은 무엇일까요? 대부분은 내 마음이 만들어 낸 심리적 공포입니다. 마음 '심(心)', 다스릴 '리(理)', 즉 마음을 다스리지 못해 발생하는 공포가 대부분이죠. 21세기의 공포는 이렇게 '내가 만들어 내는 것'입니다. 그 누구도, 타인도 아닌 내가 만들어 내고 있습니다. 앞으로는 더욱 심해질 수도 있겠죠. 마음을 '잘' 다스리면 공포가 생기지 않거나 생겨도 바로 없앨 수 있다는 뜻입니다.

그래서 니체는 "공포심의 정체라는 것은 현재 자신의 마음 상태가 어떠한가에 달려 있다. 그리고 그것은 자신의 힘으로 얼마든지 변화시킬 수 있다."[6]고 이야기합니다. 자신의 힘으로 마음을 다스리면 공포심을 없앨 수 있고 나아가 평온한 마음을 가질 수도, 행복해질 수도 있는 것입니다. 이렇게 우리의 마음은 우리 자신이 변화시킬 수 있습니다. 그 누구도 아닌 우리 자신이.

그런데 마음을 변화시키는 방법이 생각보다 어렵습니다. 말은 참 간단한데 막상 하려면 참 어려워요. 마음은 파도처럼 요동치고 두려운데 마음을 '잘' 다스리는 것은 어디서부터 시작해야 할지 막막합니다.

어느 바람이 불어와도 날아가지 않는 튼튼한 뿌리를 가져야 합니다. 튼튼한 뿌리는 그냥 생기지 않습니다. 작은 뿌리가 점점 땅속으로 뻗어 나가면서 생기게 됩니다. 뿌리의 성장, 그리고 뿌리의 움직임이 우리를 단단하게 지탱해 주는 것입니다.

외로움이 두렵다면 방 안에만 있지 말고, 외롭지 않기 위한 뿌리를 내려야 합니다. 미래가 두렵다면 두려워만 하지 말고 미래를 준비하기 위한 뿌리를 내려야 합니다. 지금 내 안에서 생긴 감정과 미래에 생길 감정까지도 지탱하기 위한 튼튼한 뿌리를 만들어야 합니다. 이 뿌리를 만들기 위한 행동을 스스로 해야 합니다. 뿌리를 내리는 것은 그 누구도 대신해 주지 못하니까요. 오로지 나만이 할 수 있으니까요.

바람은 항상 붑니다. 하지만 강한 바람 속에서도 견디게 하는 힘은 평소에 행동으로 만든 든든한 뿌리와 그때마다 유연하게 움직이는 나의 행동입니다. 뿌리도 약한데 꼿꼿하기만 한다면 금방 날아가 버리겠죠.

감정이 행동을 만들지만 일방적이지는 않습니다. 오히려 감정은 행동에 영향을 받기도 합니다. 우리는 생각보다 멀티플레이어가 되지 못해 한 번에 여러 가지를 할 수 없습니다. 감정을 몰아내기 위해 이 생각, 저 생각을 해 봤자 머릿속이 복잡해지기만 하고, 아무것도 변하는 것은 없습니다. 단순하게 행동하는 것이 필요합니다. 행동을 한다면 행동을 하는 순간에는 행동을 하는 감정만 갖게 됩니다. 그래서 이 단순한 행동이 부정적인 것을 몰아내기 가장 좋습니다. 왜냐하면 내가 지금 움직이고 있으니까요. 움직이는 동안에는 다른 생각이 들어올 틈이 없으니까요. '행동하는 나'로 스스로의 감정을 채워 나가게 됩니다. 공부를 할 때는 '노력하는 나'의 감정이, 달리기를 할 때는 '건강한 나'의 감정이 나를 채우게 됩니다.

오늘 아침, 조금은 두려운 마음으로 시작했지만 여느 날과 다름없이 글쓰기와 운동이라는 행동으로 하루를 채워 나갑니다. 이 행동들이 인생의 뿌리를 조금 더 땅속으로 뻗어 나가게 하겠지요. 흔들리지 않게 오늘을 살게 하고, 훗날 불어올 거센 바람에도 날아가지 않는 든든한 버팀목이 되어 주겠지요.

“

두려움을 몰아내기 위한
가장 좋은 방법은 ‘행동’이다.

움직임을 통해서
두려움은 사라지고
몰입하는 나를 찾을 수 있다.

행동은 빨리 시작할수록 좋다.

두려움은 곰팡이와 같아서
방치할수록 점점 커지기 때문에.

”

●

인생은 그리 길지 않다. 어스름해질 무렵 죽음이 찾아와도 전혀 이상할 것이 없다. 때문에 우리가 무엇인가를 시작할 기회는 늘 지금 이 순간밖에 없다. 그리고 이 한정된 시간 속에서 무언가를 하는 이상, 불필요한 것들을 벗어나 말끔히 털어 버리지 않으면 안 된다.

그러나 무엇을 버릴 것인가에 대하여 고민할 필요는 없다. 마치 노랗게 변한 잎이 나무에서 떨어져 사라지듯이, 당신이 열심히 행동하는 동안 불필요한 것은 저절로 멀어지기 때문이다. 그렇게 우리의 몸은 더욱 가벼워지고 목표한 높은 곳으로 한 걸음 더 나아간다.[7]

– 프리드리히 니체, 『즐거운 학문』에서

지금 당장 시작하세요

오늘 하루 시작 잘하셨나요? 저는 어제 잠자리에 늦게 들어서인지 평소보다 한 시간 정도 늦게 시작했습니다. 그래서 조금은 조급한 마음이 듭니다. 평소보다 시작이 늦었으니 어제의 나를 따라잡아 보려고 열심히 달리고 있습니다. 누구와의 비교가 아닌, 어제의 나와 비교해서 느려지고 싶지는 않아서요.

살다 보니 우리에게 당연하게 주어진 이 하루가 그리 길지 않다는 것을 느낍니다. 하고 싶은 건 많은데 정신 없이 출근해서 일을 하다가 퇴근하고 저녁을 먹고 나면 오늘 하루 고생한 나에게 휴식이라는 작은 보상을 줍니다. 그러다 보면 남는 시간은 한두 시간밖에 없는 게 현실입니다.

그마저도 남지 않을 수도 있지요. 하루하루를 그냥 그렇게 흘려보낼 수도 있지만 어딘지 모르게 불편해집니다. 정체될까 봐, 그리고 이 안락함에 익숙해질까 봐요.

오늘 하루를 어떻게 보내는지에 따라서 미래의 나의 모습이 정해집니다. 미래의 나에게 좋은 선물을 해 주고 싶어서 오늘의 일부 시간을 적금 삼아 미래의 나를 위해 모으고 있습니다. 적금을 모으려다 보니 원금이 너무 적은 것 같아서 원금을 키워 보고 싶어지기도 합니다.

그래서일까요. 20년 넘게 올빼미족이었던 제가 갑자기 새벽 4~5시에 일어나는 미라클 모닝을 하고 있습니다. 그리고 중간중간 버려질 수 있는 시간에도 생산적인 무언가를 위해 의식적인 노력을 하고 있습니다. 지난 인생을 돌아보면, 하고 싶었지만 시작하지 못해서 후회가 되는 것들이 많았거든요. 이 후회를 더 이상 반복하지 않기 위해 새벽부터 열심히 시작을 하고 어제의 시작을 이어 가곤 합니다.

니체는 이야기합니다. 지금 이 순간 시작하라고. 불필요한 것은 털어 버리고, 지금 해야 하는 것, 즉 '필요한' 것을 시작하라고 말이죠.

그렇다면 우리 인생에서 이 '필요한 것'은 무엇일까요? 니체는 인생에 필요한 것은 '현명해지는 것'이라고 이야기합니다.

필요한 것은 한 가지 : 영리한 사람이면 그에게 중요한 것은 마음속에 기쁨을 가지는 일일 거야. 영리한 사람이라면 현명하게 되는 것이 가장 좋은 일이지.[8]

또한 현명해지기 위한 방법으로 니체는 체험을 이야기합니다.

현명해지기 위해서는 특정한 체험을 하기를 원해야만 한다. 즉 스스로 그 체험의 입속에 뛰어들어야만 한다. 물론 이것은 매우 위험한 일이다. 많은 '현자'들은 그때 먹혀 버리고 말았다.[9]

체험의 입속으로 뛰어드는 것, 현명해지기 위한 행동을 시작하는 것이죠. 나를 슬기롭고 어질게 만드는 그 무언가를 행동에 옮기는 것입니다. 물론 이 무언가는 사람마다 다르지만 너무 멀리서 찾지 않아도 됩니다.

내가 진실로 사랑하는 것, 몰입할 수 있는 것, 나를 더 높은 차원으로 이끌 수 있는 것, 그리고 기쁨을 안겨 주는 것. 이 네 가지를 생각하다 보면 인생을 현명하게 만들 수 있는 나만의 가치를 발견할 수 있습니다.

위험할지 몰라도 나만의 가치를 만들기 위해 행동에 옮기고 시작해야 합니다. 그리고 이 '시작'은 항상 새로운 것만을 의미하지 않습니다. 안 하던 것을 시작하는 것도 '시작'이고, 어제 하던 것을 오늘 또 하는 것도 오늘의 '시작'입니다.

이렇게 '시작'은 '하지 않던 나'를 '하는 나'로 바꿔 주기도 하고, '해 오던 나'를 '계속하는 나'로 만들어 주기도 합니다. 오늘의 '시작'은 어제의 노력을 미래로 이어 주는 '연결'의 역할을 하기도 하는 것이죠. '시작'이 항상 새로운 일을 하는 걸 의미하지는 않으니까요. 안 하던 새로운 것을 '시작'만 하는 사람은 깊이가 얕고 다방면에 관심이 많은 사람에 지나지 않습니다. 현명한 인생이 아니라 시작만 하고 끝을 맺지 못하는 '프로 시작러'의 인생으로 끝나 버릴 지도 모르니까요.

어제 읽던 책을 다시 꺼내 읽기 시작하고, 어제 가족들에게 주었던 사랑을 다시 주기 시작하고, 어제 하던 운동을 이어서 다시 시작하세요. 이렇게 오늘 시작을 하면 내 인생은 계속 책을 읽고, 사랑을 하며, 꾸준히 운동을 하는 현명한 인생이 될 수 있습니다. 어제의 시작과 오늘의 시작이 연결되어 더 강한 나만의 '빛'을 만들어낼 수 있습니다.

조금 늦게 일어난 하루지만 계속 이어 가고 있는 니체의 글을 필사했습니다. 그냥 출근하려고 하다가 일단 필사를 마무리하고 출근을 했습니다. 그러니 제 마음속에서 저는 이번 주에 매일 필사를 하는 사람이 될 수 있었습니다. 그리고 아름다운 필사 문구를 통해 조금, 아주 조금은 현명한 사람이 된 것 같기도 합니다.

그러니 오늘도 시작하시기 바랍니다. 그러면 우리는 꾸준히 계속하는 사람이 될 수 있습니다. 더 오래, 더 밝게 빛나는 사람이 될 수 있습니다.

얼마 전 JTBC 《싱어게인3》에서 강성희 님이 부른 노래가 인상 깊었습니다. 멈춰있지 않고 지금 시작하면 지금의 자리는 여러분의 자리가 아닐 수 있습니다.

모든 것이 무너져 있고
발 디딜 곳 하나 보이질 않아
까맣게 드리운 공기가 널 덮어
눈을 뜰 수조차 없게 한대도
거기서 멈춰 있지 마 그곳은 네 자리가 아냐
그대로 일어나 멀리 날아가기를
얼마나 오래 지날지 시간은 알 수 없지만
견딜 수 있어 날개를 펴고 날아
결국 멀리 떠나 버렸고
서로 숨어 모두 보이질 않아
차갑게 내뱉는 한숨이 널 덮어
숨을 쉴 수조차 없게 한대도
거기서 멈춰 있지 마 그곳은 네 자리가 아냐
그대로 일어나 멀리 날아가기를

얼마나 오래 지날지 시간은 알 수 없지만

견딜 수 있어 날개를 펴고 날아

– 〈날아〉(드라마 '미생' OST)

“

시작하기 전 수많은
고민을 하지만,

일단 시작하면
알게 되는 것들이 있다.

고민이 행동으로 옮겨지는
순간은 생각보다 단순하다는 것.

그리고 시작하기 전의
고민은 참 부질없었다는 것.

”

자신이 어떤 사람인지 이해하길 원하는 사람은 다음과 같은 질문을 자신을 향해 던지고, 성실하고 확고하게 대답하라.

- 지금까지 자신이 진실로 사랑한 것은 무엇이었는가?
- 자신의 영혼이 더 높은 차원을 향하도록 이끌어 준 것은 무엇이었는가?
- 무엇이 자신의 마음을 가득 채우고 기쁨을 안겨 주었는가?
- 지금까지 자신은 어떠한 것에 몰입하였는가?

이들 질문에 대해 답하였을 때 자신의 본질이 뚜렷해질 것이다. 그것이 바로 당신이다.[10]

– **쇼펜하우어,**

『의지와 표상으로서의 세계 Die Welt als Wille und Vorstellung』(1819)에서

자기 자신을 이해하며

"너 자신을 알라."

기원전 400여 년 전, 소크라테스가 했던 말입니다. 그는 왜 이 말을 했을까요? 여러 가지 이유가 있겠지만, 특히 "자신이 모르는 것을 알아라"라는 의미로 이 말을 했다고 전해집니다.

나 자신을 제일 잘 아는 건 나죠. 맞습니다. 하지만 때로는 '아 내게도 이런 면이 있었구나?'라는 생각이 들기도 합니다. 그리고 어떨 때에는 '내가 이런 생각을 하다니…' 하면서 자기 자신에게 실망하기도 합니다.

물론, 이 세상을 이롭게 하는 좋은 생각을 할 때가 많지만 한없이 작아지고 두려워지는 순간에는 처음 마주하는 비겁한 생각에 실망하는 경우도 있습니다.

여러분은 안 그러시죠? 저는 종종 그렇습니다. 저를 잘 안다고 생각하고 살지만 착각이더라고요. 한참 멀었더라고요. 가끔은 누구에게 들키면 정말 부끄러울 것 같은 생각도 하곤 합니다. 그래서 그 부족함을 채우고자 책을 읽고 글을 쓰면서 마음을 정화하려고 노력합니다.

생각해 보면, 나를 알아 가는 속도에 따라서 성공의 타이밍이 결정되는 것 같기도 합니다. 나 자신을 조금이나마 먼저 알게 된 사람은 나의 능력과 특징을 잘 활용해서 다른 사람보다 먼저 좋은 아웃풋을 만들어 낼 수 있습니다. 나 자신을 잘 아는 사람은 본인의 감정에 대해서도 잘 알기에, 절대 화를 내거나 실망시키지 않습니다.

나의 능력을 일찍 알고 이를 노력으로 발전시켜 최고의 아웃풋을 만들어 내는 운동선수들, 자신의 감정을 잘 알고 갈등을 해소하며 더 좋은 세상을 만드는 사람들이 그 예가 아닐까 싶습니다.

언제쯤이면 나 자신을 잘 알 수 있을까요? 시간이 지난다고 알게 될까요? 그랬으면 좋겠지만 '때가 되면 알게 되겠지…'는 없는 것 같습니다.

모르는 사람은 죽을 때까지도 모를 수 있습니다. 나 자신에게 당당하지 못하고 남들만 따라 살다 보면 평생 모를 수 있습니다. 그리고 이 사회는 나 자신에게 당당해지기가 더욱 어려워지는 사회가 되어 가는 것 같습니다. 여기저기서 유명해 '보이는' 사람들이 본인처럼 살다 보면 성공할 수 있을 거라고 속삭이니까요. 이렇게만 하라고 혹은 그렇게 살지 말라고 함부로 충고하곤 하니까요. 하지만 막상 따라 해 보아도 내 인생이 그렇게 되기는 어렵습니다. 오히려 점점 나 자신을 잃어 가기 쉽죠.

그렇다면 어떻게 해야 나를 알아 갈 수 있을까요? 이 어려운 질문의 해답을 어떻게 찾아야 할까요? 답을 찾으려면 문제를 내야겠죠.

쇼펜하우어가 이야기한 질문을 자기 자신에게 던져 보세요.

지금까지 내가 진실로 사랑한 것

내 영혼이 더 높은 차원을 향하도록 이끌어 준 것

나에게 기쁨을 안겨 주는 것

내가 몰입했던 것

이 네 가지 질문을 정리하면 사랑, 기쁨, 몰입 그리고 탈피로 정리해 볼 수 있습니다.

'사랑'의 대상과 방식은 사람마다 다릅니다. 유일무이한 '나'이기에 유일한 방식으로 사랑을 합니다. 하지만 군중심리 때문일까요. 가끔 이상하게도 내가 사랑하지 않을 만한 것들을 사랑하곤 합니다. 그것이 사랑이라고 착각하면서 말이죠. 왠지 사랑하지 않으면 이상해 보이고 많은 사람들이 사랑하기에 나도 사랑해야 한다고 착각하곤 합니다. 내가 사랑하지 않아도 사회적 기준에 이끌려 결혼을 하거나 사람 자체가 아닌 다른 조건을 보고 사랑을 시작하는 것처럼요. 내 사랑의 감정에 대해 용기와 자신감을 가지고 나만의 사랑을 해야 합니다. 그 대상이 사람이든 사물이든 나만이 좋아하는 것을 사랑할 수 있어야 합니다.

나만의 기쁨에 대해서도 잘 살펴볼 필요가 있습니다. 기쁨도 사랑과 마찬가지로 '대세'를 따르며 기쁘다고 착각하기 쉽습니다. SNS에서의 '보이는' 기쁨에 이끌려서 그것을 하고, 먹고, 가져야만 기쁘다고 느끼고 살기 쉽죠. 하지만 그 기쁨을 누리고자 따라 해 보면 알게 됩니다. 결국 그것은 진정한 기쁨이 아니라는 것을. 그리고 이 애매한 기쁨의 감정을 채우기 위해서는 또 다른 무언가가 필요하다는 것을. 남의 기쁨을 따라 하다 보면 공허함만 남는다는 것을 결국 깨닫게 됩니다. 진정 나만의 기쁨을 찾고, 이 기쁨을 위한 생각과 행동을 해야 합니다.

우리는 자신이 좋아하지도 않는 것에 '몰입'해야 하는 삶을 살기도 합니다. 생계를 위해서 어쩔 수 없는 부분이기도 하죠. 좋아하기 힘든 직장 생활에서 업무에 몰입을 해야 더 안정적으로 살 수 있으니까요. 하지만 나에게 어울리지 않는 가짜 몰입은 그 깊이가 얕습니다. 진짜 좋아하는 것은 어려워도 어떻게든 해내려고 하지만 본능적으로 그 반대의 경우에는 몰입하기가 어렵습니다. 몰입하고 있다는 착각을 갖게 될지도 모르지만 시간 낭비만 하고 있을지도 모르죠. 진정 좋아하는 것을 깨닫고 올인(All-in)까지는 아니더라도, 몰입하며 살아야 합니다. 그 몰입의 시간들이 모여서 결국 진정한 나의 골인(Goal in) 지점으로 향하게 할 테니까요.

그리고 자신을 더 높은 차원을 향하도록 이끄는, 나를 탈피하게 하는 수단은 사람마다 다릅니다. 나의 지금의 껍데기를 깨고 나비가 되어 날아오르게 하는 그 원동력은 사람마다 다른 것이죠. 작가에게는 그것이 글쓰기일 수 있고 기술자에게는 세상에 없던 기술일 수도 있습니다. 그리고 사업가에게는 상품이 될 수도 있고요. 이렇게 자신만의 고유한 가치를 세상에 나타내기 위한 껍데기를 깨는 '힘'이 무엇인지 알아야 합니다. 그리고 그 힘을 키워야 합니다. 이 '힘'이 결국 나를 성장시킬 테니까요.

이 네 가지가 바로 나를 이루는 요소들입니다. 사랑하는 마음과 기쁨, 몰입하며 더 높은 차원으로 나아가는 것. 이것들을 잊지 않고 살다 보면 자연스럽게 겪게 되는 노력과 감정 그리고 성취가 있겠죠. 과거의 이 4가지 요소가 모여 복합적인 감정과 성취를 만들게 되고 이것들이 이어지면 미래의 나가 되는 것이죠.

그렇다면 미래의 나를 위해 조금 확장해서 생각해 볼

까요. 내가 되고 싶은 미래의 훌륭한 모습을 상상해 보세요. 그 훌륭한 사람은 저 네 가지 질문에 어떤 대답을 가지고 있을까요? 내가 되고 싶은 미래의 나는 무엇을 사랑하고, 기뻐하며, 몰입할 것인지. 그리고 현재를 탈피하기 위해 무엇을 하고 있을 것인지….

이 질문에 답을 찾고 그대로 살아가다 보면 자연스럽게 내가 생각하는 훌륭한 모습의 '나'로 살아갈 수 있지 않을까요? 그러다 보면 현재의 나는 껍데기를 깨고 나와서 내가 바라던 '초인'이 되어 있을지도 모릅니다. 나의 빛을 더 빨리 찾아 주변을 널리 밝히는 별이 될 수 있을지도 모릅니다.

“

더 나은 미래를 위해
필요한 사기(四氣).

마음껏 사랑할 수 있는 용기.
즐거운 것을 즐길 수 있는 활기.
좋아하는 것에 몰입하는 끈기.
나를 성장하게 하는 독기.

”

●

그대들은 모든 것에 책임을 지려 하지만 꿈에 대해서만은 책임을 지려 하지 않는다!

그대들은 가련할 정도로 연약하며, 그대들에게는 일관성을 유지하려는 용기가 결여되었다.

어떤 것도 그대들의 꿈보다 그대들을 잘 나타내 주지 못한다!

그대들의 꿈이야말로 바로 그대들의 작품이다.[11]

– 프리드리히 니체, 『아침놀』에서

꿈에 책임을 지고

다들 직장과 가정에서 책임감이 강한 사람, 믿음직한 사람으로 살고 계시죠. 여러분처럼 책임감이 강한 사람들이 '신뢰'를 얻는 게 당연한 이치입니다. 내가 해야 할 일을 마땅히 해내고 부모, 자식으로서 책임과 도리를 다하며 얻는 신뢰처럼요. 그런데 혹시 직장과 가정에서의 책임감만큼, 꿈에 대한 책임도 가지고 계시나요? 아니면 '내 꿈에 대한 책임감'이란 말 자체가 낯선가요?

경험적, 경제적 이유로 인해 어렸을 때는 자식으로서 책임감을 고려해서 내 꿈을 정했고 어른이 되어서는 부모로서 책임감을 다하기 위해 내 꿈은 '언젠간…'이라고만 생각하며 살았던 것 같습니다. 그리고 직장에서의 책임감을 다하기 위해서 진정한 내 꿈을 미뤄 두고만 있었습니다. 이렇게 내 소중한 꿈을 막연하게 품고만 살곤 했습니다.

그래서인지 저는 제 꿈에 대한 책임감을 가져 본 적이 없습니다. 직장과 가정에서의 책임을 다하고 사는 것이 도리라고만 생각했습니다. 그 책임이 내 꿈인 줄 착각하고 살았습니다. 직장에서는 승진하고, 가정에서 제 역할을 다하는 게 제 꿈인 줄만 알고 살았죠. 사회적 역할과 꿈을 동일시하곤 했습니다. 그러다 보니 꿈을 잊고 살게 되었고 꿈에 대한 책임감을 가져 본 적도 없었습니다.

그냥 막연하게 '언젠간…'이라고 마음속에 있기만 했습니다. 그러니 당연히 책임질 수 없었죠. '언젠간'이라는 단어는 참 막연하니까요. 그리고 현실을 위해 꿈은 희생당할 수 있다고 생각했습니다. 아니 그래야만 한다고 생각했습니다.

아니, 어쩌면 이조차도 핑계일지도 모르겠습니다. 내 꿈과 인생을 진지하게 생각하지 않다 보니 책임을 질 생각조차 하지 못한 것일지도 모르겠습니다. 가족과 직장 생활을 핑계로 내 꿈에 책임지기를 피한 것일지도 모르겠습니다.

니체는 이야기합니다. 꿈이야말로 그대들의 작품이라고.

이 세상에서 가장 나다운 것이 뭘까요? 나의 경험, 지식, 감정 등이 모여서 마음속의 어떤 질서를 만들고, 이 질서가 나아가고자 하는 방향인 꿈 아닐까요. 나의 경험, 지식, 감정은 오로지 나만이 만들어 낼 수 있는 것이니까요.

꿈은 나만이 가질 수 있는 가장 나다운 것입니다. 그리고 꿈은 내가 이 세상에 태어난 이유일지도 모릅니다. 꿈이 현실이 되어 빛나는 나의 모습이 가장 밝고 아름다운 모습일 테니까요. 사람마다 꿈이 비슷해 보일 수도 있습니다. '훌륭한 사람', '부자' 같이 말이죠. 하지만 이렇게 단순한 단어로만 표현하기에 우리는 너무나도 다양하고 다릅니다. 단어 앞에 쓰는 동사와 형용사에 따라 같은 단어라도 큰 차이가 나니까요. 멀리서는 다 같은 별일지 몰라도 자세히 보면 모양과 빛깔이 조금씩은 다 다르니까요.

이렇게 소중한 나만의 꿈에 책임을 지는 일. 너무나도 어려워 보이지만 조금만 생각해 보면 쉬울 수 있습니다. 내가 직장과 가정에서 책임감을 다했던 것처럼 그렇게 내 꿈을 위해 책임을 지면 됩니다.

갑자기 아이가 아플 때, 부모로서 책임을 다하기 위해 만사를 제쳐 두고 바로 병원에 데려가는 것처럼. 나의 꿈에 도움이 필요로 할 때, 책임감을 가지고 무언가를 바로 해 주면 되고요. 회사에서 중요한 프로젝트가 있으면, 책임을 다하기 위해 며칠 동안 야근을 하는 것처럼 나의 꿈을 위해 때로는 야근을 할 필요도 있습니다.

이팔청춘도 아니고 내일모레면 마흔인데, 꿈이 생겼습니다. 이팔청춘 때는 부모님과 사회의 기대에 부응하기 위한 '꿈'을 꾸었습니다. 하지만 20여 년이 지나고 삼팔 청춘 즈음이 되어서야 그 누구의 기대에도 부응하지 않는 나만의 꿈을 꾸게 되었습니다. 이 꿈을 이루기 위해 생전 하지 않던 조기 출근(미라클 모닝)을 하고 있고요. 책을 읽고 글을 쓰며 정리와 복습까지 하며 살고 있습니다. 그리고 조금은 부족할지 몰라도 '내일은 오늘보다 더 잘해야지'라고 다짐하면서 잠자리에 들기도 합니다. '이거 제대로 못하면 회사에서 잘린다'라는 느낌으로 꿈을 위해 노력하며 살려고 합니다.

지금 사는 것도 충분히 바쁜데 어떻게 꿈을 이루기 위해 그렇게 노력하냐고 생각할지도 모르겠습니다. 그런데 신기한 건요. 이렇게 내 꿈을 위해 책임감을 가지려는 노력을 하다 보니 꿈의 우선순위에 맞춰서 하루하루가 심플해집니다. 내 꿈을 위한 시간을 만들기 위해 직장에서 더 효율적으로 일을 하게 됩니다. 그래야 내 꿈에 책임지기 위한 절대시간이 확보되니까요. 그리고 내 꿈에 책임지기 위해 마음을 편하게 만들어야죠. 그래서 불필요한 내적, 외적 갈등을 줄이게 됩니다. 갈등은 내 꿈을 이루는 데 방해가 되니까요.

그러니 회사를 위해 열심히 일하는 마음, 내 가족을 위해 희생한다는 마음을 나 자신에게 대입해서 꿈을 위해 최선을 다해 보는 게 어떨까요. 이팔청춘이면 좋겠지만 삼팔 청춘이든, 오팔 청춘이든 우리는 내일보다는 아직 청춘이니까요.

그러다 보면 내 꿈에 책임을 다하게 되고, 책임을 다한 만큼 더 꿈에 가까워질 수 있을 테니까요. 그리고 그 꿈은 우리의 인생뿐 아니라 많은 것들을 책임질 수 있는 힘이 될 테니까요. 이 힘은 결국 나뿐 아니라 우리 주변, 나아가 이 세상을 더 아름답게 만드는 힘이 되겠죠.

“

꿈이야말로 가장 나다운 모습이다.
내 경험과 능력이
이룰 수 있을 정도의 꿈을 만든다.

지금 마음속에 간직하고 있는
그 꿈은 그 누구도 아닌
내가 만들어 낸 것이다.

나만이 책임질 수 있는 꿈이다.

”

●

자기 자신을 하찮은 사람으로 깎아내리지 마라. 그런 태도는 자신의 행동과 사고를 꽁꽁 옭아매게 한다. 무슨 일을 하더라도 자기 자신을 사랑하는 것으로부터 시작하라.

지금까지 살면서 아직 아무것도 이루지 못했을지라도 자신을 항상 존귀한 인간으로 사랑하고 존경하라는 것이다. 자기 자신을 사랑하면 결코 악행을 저지르지 않고 누구로부터 지탄받을 일도 저지르지 않는다.

그런 태도가 미래를 꿈꾸는 데 있어 가장 강력한 힘으로 작용한다는 사실을 절대로 잊지 마라.[12]

– 프리드리히 니체, 『이 사람을 보라 Ecce homo』(1908)에서

나를 사랑하고 존경하세요

못 오를 산은 없다고 생각하며 살았습니다. 그래서 튼튼한 두 다리를 믿고 오르며 살아왔습니다. 아무리 어려워도 꾸준히 하면 된다는 생각으로 살았어요. 가끔 고비를 만났지만, 넘어야만 하는 산이라면 아등바등하면서라도 오르려고 노력했던 것 같습니다.

그런데 최근에 만난 고비는 조금 어렵더라고요. 제 능력으로는 도저히 해결할 수 있는 방법이 생각나지 않았습니다. 그래서 현인들의 도움을 받고자 무턱대고 책을 읽으며 글을 쓰기 시작했습니다. 그러다 보니 제 글을 쓰고 있는 현실을 마주하게 되었습니다. 그리고 나의 의지로 인생을 살아가고 있는 듯한 느낌도 듭니다. 그럭저럭 괜찮게 살고 있습니다. 처음에는 힘들던 독서와 글쓰기도 계속하다 보니 재미가 있습니다. 좋은 글이든 나쁜 글이든 매일 글을 쓰는 사람이라는 것이 자존감을 키워 주고 있습니다.

하지만 매번 익숙한 것만 하며 살 수는 없죠. 인간의 본능은 참 간사해서 이 익숙함을 나태, 자만, 태만과 같은 감정으로 바꾸곤 합니다. 그래서 누군가는 새로운 것에 계속 도전을 하는 것 같기도 합니다. 나태하고 자만에 빠진 나보다는, 익숙함을 뒤로하고 더 어려운 것, 색다른 것에 도전하는 내 모습이 더 멋져 보이기도 하니까요.

자의 반 타의 반으로 최근에 새로운 영어 시험을 봐야 했습니다. 생전 처음으로 치르는 시험이었습니다. 되든 안 되든 시험 문제가 어떻게 생겼는지는 알아야 잘 볼 수 있을 것 같아서 주말에 그냥 한번 시험을 봤는데 너무 어려웠습니다. 쉽지는 않을 것이라 생각했지만 상상 이상으로 어려웠습니다.

시험을 치르는 두 시간 동안 좌절감이 저를 괴롭히더니 시험이 끝나고 나와서는 아무것도 하고 싶지가 않았습니다. 이 감정은 주말 내내 저를 괴롭혔고, 제 자신이 참 무능력해 보이고 싫어지기까지 했습니다.

니체는 이야기합니다. 자신을 존귀한 인간으로 사랑하고 존경하라고. 이런 태도가 미래를 위한 가장 강력한 힘이 된다고.

요새 흔히 '리스펙'한다고 이야기하죠. 누군가를 우러러볼 만큼 존경한다는 뜻입니다. 우리는 '존경'이라는 단어를 보통 타인에게 사용하잖아요. '선생님, 부모님을 존경해라'처럼요. 그런데 니체는 자기 자신을 존경하라고 이야기합니다. 존경은 타인에게 하는 것인 줄로만 알았는데 방향을 돌려 자기 자신을 존경하라고 합니다. 존경의 화살표가 유턴하는 신선한 방향의 전환입니다. 그리고 심지어는 아무런 실적이 없어도 자신을 존경하라고 이야기합니다. 쉽지 않은 유턴이죠.

'존경'은 남의 인격, 사상, 행위 따위를 받들어 공경한다는 뜻입니다. 즉, 받들고 공경할 만한 무언가가 있는 사람에게 쓰는 말입니다. 그런데 실적도 없고 이룬 것도 없는 사람에게 '존경'이라는 표현을 쓴 적이 있으신가요? 아니, '존경'까지는 아니더라도 '잘한다'라는 표현을 쓴 적이 있으신가요? 능력이 모자라 보이고 실적이 없는 친구에게는 사실 '잘한다'보다는 '잘해라'가 더 자연스러운 표현이잖아요. 긍정적인 표현이 나오기가 쉽지가 않습니다.

하지만 이 존경의 힘은 생각보다 위대합니다. 몇 년 전, 자격증 취득을 위해 학원을 다녔던 적이 있습니다. 혼자 공부하다가 한계를 느끼고 학원을 찾아갔었어요. 학원을 등록한 지 한 달 만에 다음 시험이 예정되어 있었습니다. 실전 경험을 쌓아 보고자 무작정 시험을 보러 갔었습니다. 당연히 불합격이었죠. 60점을 받아야 합격하는 시험인데 52점 정도 받았던 것 같아요. 그런데 이 초라한 점수를 보고 누군가가 저에게 '존경'의 표현을 해 줬습니다. '대박'이라고, 처음 봤는데 이 정도면 정말 잘 본 거라고, 금방 합격할 수 있을 것 같다고 말이죠.

그 말이 동기부여성 발언인지, 진심인지, 농담인지, 그냥 기분 좋으라고 하는 말이었는지는 잘 모르겠습니다. 그런데 그 말이 계속 저를 움직이게 했습니다. 힘들어도 포기하지 않게 하고 용기를 불어넣어 주었습니다. 많은 사람들이 중간에 힘들어서 포기하는 시험이지만 포기하지 않을 수 있었습니다. 포기하고 싶을 때마다 그 메시지를 보면서 견뎠습니다. 그래서인지 끝까지 완주할 수 있었고 남들보다 조금은 빠르게 합격할 수 있었습니다.

이렇게 존경하는 마음, 긍정적인 마음은 누군가에게 힘이 됩니다. 포기하고 싶을 때 희망을 갖게 합니다. 불가능한 것을 가능하게도 합니다. 하지만 내 주위의 사람들이 매번 나에게 이런 존경을 줬으면 좋겠지만 그런 사람을 맘대로 만나기는 쉽지 않죠.

그래도 이 존경의 느낌은 참 좋습니다. 그리고 꼭 필요합니다. 이렇게 좋고 꼭 필요한 존경을 나 자신에게 해 보는 것은 어떨까요? 나를 존경해 주는 타인을 만나는 것은 생각보다 쉽지 않으니까. 내가 그 사람이 되어 보는 것이죠. '비록 오늘 조금 부족했지만, 노력하려는 마음을 가진 것만으로도 대단해!', '비록 이번엔 불합격이지만, 지난번보다 더 나은 점수를 받았네! 발전하고 있어!' 이렇게 말이죠. 그러다 보면 용기를 얻은 나 자신은 더 열심히 하게 되고, 노력하게 되고, 더 잘할 수 있게 될지 모릅니다.

그리고 이 존경하는 마음이 모이면 포기하지 않게 됩

니다. 희망을 잃지 않게 됩니다. 그리고 나를 더 사랑하게 됩니다. 그러니 아무리 자기 자신이 밉고 싫더라도 존경해 주세요. 내가 존경해 주지 않으면 그 누가 존경해 주겠어요. 우리 자신이 그 누구보다 존경받아야 할 사람이라는 것은 우리가 가장 잘 알잖아요.

“

사랑보다 더 오래가는
감정은 존경심이다.

이 감정은 쉽게 사그라들거나
변하지 않는다.

나 자신을 존경한다면
오래도록 나를 지탱하는
힘이 될 것이다.

내 꿈이 꺾이지 않게 하는
버팀목이 될 것이다.

”

2장

빛을 찾아가기 위해서

높이 오를 생각이라면 그대들 자신의 발로 그리하도록 하라! 실려 오르는 일이 없도록 할 일이며, 낯선 사람의 등과 머리에는 올라타지도 말 일이다!

그런데, 그대 말을 타고 올라오지 않았는가? 이제 그대 그대의 목표를 향하여 서둘러 말을 몰고 있는가? 좋다, 나의 벗이여! 보아하니 그대의 마비된 발 또한 함께 말을 타고 있구나!

그대보다 지체 높은 인간이여, 그대가 목표에 이르러 말에서 뛰어내릴 때, 그대는 바로 그대의 높이에서 비틀거리게 될 것이다![13]

– 프리드리히 니체,

『차라투스트라는 이렇게 말했다Also sprach Zarathustra』

(1889)에서

조금은 고통스러워도

어제보다 더 잘 살고 싶어서, 더 좋은 내일을 만들기 위해서, 오늘도 열심히 일하며 발전하기 위한 노력을 합니다. 때로는 이 노력이 너무 힘들어서 '이렇게까지 해야 하나…'라는 생각이 들 때도 있습니다. 열심히 공부하고 자기 계발을 한다고 해서 내일의 삶이 눈에 띄게 달라지는 것도 아닌데 오늘 나의 자유를 희생하며 무언가 노력을 하는 건 생각보다 힘드니까요. 밑 빠진 독에 물을 붓는 듯한 느낌이 들기도 하니까요. 그리고 다른 사람들은 이런 노력 없이도 잘만 살아가는 것만 같으니까요.

그래서 마음속에서는 갈등이 생깁니다. '무슨 부귀영화를 누리겠다고 이렇게까지 살아야 하나. 그냥 편하고 재미있게 사는 게 최고 아닐까?' 그래서 때로는 무의식에 몸을 맡기고 생산적이기보다는 소비적인 것으로 시간을 채우기도 합니다. 유튜브 알고리즘에 시간을 맡기거나 기본적인 욕구를 과도하게 충족시키기도 하지요. 이런 행위들은 약간의 죄책감이 들기도 하지만 그래도 제일 편하고 재미있습니다. 도파민도 즉각적으로 분비되어서 꽤나 즐겁기도 합니다. 하지만 곧 더 큰 재미를 찾게 되거나 공허해지죠. 그러다가 열심히 사는 사람들을 보면서 다시 생각이 들곤 합니다. '이렇게 살면 안 되는데….'

니체는 이야기합니다. 높은 곳에 오르고자 한다면 그대들 자신의 다리를 사용하라고. 그 어디에도 올라타지 말라고 말이죠.

자주는 아니지만 종종 등산을 다닙니다. 제가 자주 가는 산은 전반적으로 경사가 무난한데 정상을 남겨 두고 200미터 정도 가파른 계단으로 만들어진 길이 있습니다. 그냥 오르막길도 힘든데 산 특유의 가파른 계단 길은 더 힘들죠. 그것도 체력이 떨어진 마지막 지점에서는 더더욱 힘들게 느껴집니다.

힘들게 여기까지 올라왔는데 내려갈 수도 없고. 계단의 경사는 가파르고…. 눈앞에 정상이 보이는데 포기할 수는 없으니까 크게 심호흡 한 번 하고 계단 위로 발걸음을 옮겨 봅니다. 하지만 이때는 보통 계단과는 다르게, 보통 오르막길과는 조금 다르게 올라가곤 합니다.

시선은 정상을 향하지 않습니다. 내가 디딜 다음 계단과 내 발만 바라봐야 합니다. 그리고 내 발을 그냥 다음에 올라갈 계단에 올리고자 하는 마음으로 발을 들어 올립니다. 그렇게 한 계단, 한 계단 오릅니다. 경사가 급해서 허리를 들면 뒤로 쓰러질 것 같아요. 멀리 보려고 하다간 넘어질 수 있습니다. 다리는 터질 것 같지만 욕심내지 않고 눈앞에 다음 계단만 바라보며 한 걸음 한 걸음 올라갑니다.

그렇게 다음 계단만 보며 오르다 보면, 결국에는 정상에 다다르게 됩니다. 터질 것 같았던 내 다리도 조금 쉴 수 있습니다. 눈앞의 발만 보며 올라갔지만 나중에는 정상에 올랐다는 '성취'를 얻게 됩니다. 그리고 이 '성취'의 경험은 더 확장되어 '할 수 있다'라는 자신감이 생기고, 다음번에도 할 수 있게 되는 '마음의 근육'으로 자리 잡게 됩니다. 그리고 다음 번에 더 높은 산을 오를 수 있는 힘이 됩니다. 산을 오르기 전에는 갖고 있지 않던 몸과 마음의 근육이 생겼으니까요. 이번에 오른 산보다 더 높은 산일지라도 도전할 수 있게 됩니다.

그리고 이 마음의 근육은 나를 더 사랑하게 하는 매력이 됩니다. 이성을 볼 때에도 몸매 좋은 사람이 더 매력이 있잖아요. 그리고 마인드가 튼튼한 사람이 매력이 있고요. 마찬가지로 마음의 근육을 가지고 있는 내 모습에 더 매력을 느끼게 됩니다. 더 존중하고 사랑할 수 있습니다.

그러니 조금 힘들어도, 하루하루를 등산로 계단을 오르는 마음으로 묵묵히 살아가는 건 어떨까요.

생각보다 우리의 다리는 튼튼해서 어지간해서는 못 걸을 만큼 아프지 않아요. 보통 등산 중에 포기하는 사람들은 다리가 더 아플 것이 두려워서 포기합니다. 병원에 가야 할 만큼 부상을 입어서 포기하는 사람은 별로 없습니다.

니체는 또 이렇게 이야기했었죠. 나를 죽이지 못하는 고통은 나를 더 강하게 한다고. 무언가 앞으로 나아가는 과정에서 고통을 받고 있다면 그건 강해지고 있다는 반증이 되기도 합니다.

그러니 조금 피곤하고, 고통스럽더라도, 긍정적으로 받아들이는 자세가 필요합니다. 적어도 가만히 있는 사람들에 비해서는 더 나아가고 있고요. 오늘 하루만 고통스러운 사람에 비해서 더 오랫동안 감내할 정도의 고통을 견디고 산다면, 그리고 이 고통을 견디고 두 다리로 걸어가고 있다면, 더 멋진 근육을 가지고 더 높은 곳으로 오를 수 있을 테니까요.

그러다 보면 어느새 그 누구보다도 높은 산에 올라가 있는 나를 만나게 될지도 모르겠습니다. 그 산에서 바라보는 이 세상의 경치는 참 아름답겠죠. 그리고 지금 밟고 있는 그곳이 내 인생의 가장 높은 정상이 아님을 알기에 더 기대하는 마음으로 살 수 있겠죠. 이제는 무엇이든 도전할 수 있는 마음의 근육이 생겼으니까요.

“

정상에 오르기 위해 내딛는
한 걸음은
단순한 한 걸음이 아니다.

이는 그다음 걸음을 위한
단련이기도 하다.

걸으면서 우리는
조금씩 나아갈 뿐 아니라
점점 더 강해진다.

이것이 고통을 사랑하는
사람들이 위대한 이유이다.

”

●

서로 싸우거나 사랑하거나 찬미하는 두 사람 중에서 더 격렬한 성격의 소유자가 항상 더 불리한 지위에 있게 된다.

많은 인간들의 기질에 포함된 올바른 판단력과 일관성의 결여 및 그들의 칠칠치 못함과 무절제함은 그의 선조들이 범해 온 수많은 논리적인 부정확, 불철저, 성급한 추론의 궁극적인 결과다.

이에 반해 좋은 기질을 가진 인간들은 이성을 존중해 온 신중하고 철저한 종족들의 후손들이다.[14]

– 프리드리히 니체, 『아침놀』에서

조급해하지 말고

'급할수록 돌아가라'라는 말이 있습니다. 정확도와 스피드를 모두 요구하는 이 무한경쟁 시대에 다소 비현실적인 말일 수도 있지만, 무슨 일을 할 때 차분하게 하는 것이 급하게 하는 것보다는 좋다는 말입니다. 일이든 공부든 급하게 하다 보면 실수하기 쉽고 마음먹은 대로 제대로 되지 않으니까요.

저는 성격이 급한 편입니다. 어려서부터 이게 가장 큰 단점이었습니다. 열심히 공부하고도 시험을 볼 때는 덤벙거려서 쉬운 문제를 틀린 경우가 많았습니다. 고민하지 않고 고른 옷과 신발들은 어느새 구석에 처박혀 있기도 합니다. 그리고 충분히 고민하지 않고 성급하게 내렸던 인생의 선택들은 비싸게 샀지만 이러지도 저러지도 못하는 유행 지난 옷처럼 마음속에 남아 있기도 합니다.

안 입는 옷들을 옷장에 계속 쌓아 둘 수는 없죠. 그래서 이제는 그런 선택을 하지 않으려고 노력합니다. 최대한 고민을 하고, 오랫동안 꾸준하게 좋아할 만한 선택을 하려고 합니다. 그럼에도 불구하고 사람은 참 변하지 않아서 마음속에서는 '빨리빨리'를 외치고 있습니다. 그래도 최대한 심사숙고하려고 노력합니다. 지금 이 책을 쓰고 있는 이 순간까지도요.

'물건 살 때에는 3번 이상 생각하기'
'중요한 선택을 내릴 때에는 최소 일주일 동안 고민하기'
'고민이 될 때에는 글로 적어 보기' 등

이런 식으로 장치를 두어 성급한 제 성격을 고치려고 하고 있습니다. 때로는 급한 성격이 빠른 실행을 하는 데 도움을 주기도 하지만 충분히 고민하지 않은 빠른 실행은 훗날 더 큰 부담이 되기도 하니까요. 가장 좋은 것은 심사

숙고하고 내린 좋은 결정을 빠른 실행으로 옮기는 것일 테니까요.

니체는 성격이 격렬한 사람은 더 불리한 지위에 있게 된다고 이야기합니다. 이 불리함은 감정을 파열시키고, 지나친 언동을 저지르게 하기 쉽겠죠.

내가 급하게 내린 현재의 선택은 눈앞의 현실에 치우쳐 있는 '지금의 나'에게만 유리한 선택이기 쉽습니다. 그래서 상대적으로 객관적인 '미래의 나'는 현재의 내가 만든 치우침을 정상으로 돌리기 위해 추가적인 노력을 해야 합니다. 그리고 이 추가적인 노력이 모이다 보면 신경 쓸 일들이 참 많아집니다. 우리는 무적이 아니잖아요. 복싱에서 상대 선수의 훅, 라이트, 레프트가 계속 들어오면 결국 코너에 몰리는 것처럼 이런 과거의 성급한 선택들은 연이은 펀치가 되어 우리를 코너에 몰게 됩니다. 그러다 보면 나도 모르게 평소에 하지 않던 행동들이 나오게 됩니다. 벼랑 끝에서 본성이 나오는 것처럼 나도 모르게 지나친 말과 행동이 무의식적으로 나오는 것이죠.

그러니 충분히 생각하는 시간을 만들어야 합니다. 미

래의 내가 코너에 몰리지 않도록, 링 위에서 내 의지대로 마음껏 펀치를 날릴 수 있도록 말이죠.

그 시간이 이른 새벽이든 늦은 밤이든 좋습니다.

'이 선택을 하는 게 나의 현재, 그리고 미래의 나에게 얼마나 좋을까?'

'이 물건을 사면 뭐가 좋을까?'

'오늘 내가 가장 집중해서 해야 할 것은 무엇일까?'

이런 질문들을 던지면서 급하지 않게 천천히 결정해야 합니다. 지금 내 머릿속에 떠오른 답은 미래의 정답이 아닐 수 있거든요. 호기심, 순간적인 욕망 또는 피해의식일 수도 있으니까요.

고민하지 않고 내린 현재의 결정으로 인해 피해를 보는 건 미래의 나입니다. 바꾸어 생각해 보면 '미래의 나'의 모습이 명확하지 않으면 좋은 결정을 내리기 어렵습니다. 명확한 미래의 모습이 그려져 있다면 지금 우리가 하는 고민은 고민이 아닐 수도 있죠.

5년, 10년 후, '미래의 나'는 어떻게 살고 있을까요?

지금 나의 선택이 5년, 10년 후에는 어떤 결과로 돌아올까요?

5년, 10년 후에 후회하지 않기 위해서는 어떤 결정을 내려야 할까요?

5년, 10년 후 글을 쓰면서 사람들에게 좋은 영향을 주고 있는 저의 모습, 제 글에 책임지며 사는 모습을 그려봅니다. '서아일체(書我一體)'된 삶으로 누군가에게 희망을 주는 미래의 제 모습을 상상해 봅니다. 재미있고 즉흥적인 무언가를 하고 싶기도 하지만 미래의 나에게 좋은 선물을 하기 위해 차분하게 글을 쓰고 있습니다. 힘들지만 이 책의 내용처럼 살아가려고 노력하고, 물질적인 것과 쾌락적인 것들을 멀리하려 합니다. 그것들이 미래의 나에게 펀치를 날릴 것 같으니까요. 이런 차분한 마음으로 '미래의 나'를 구하는 선택을 내리는 건 어떨까요.

지금 차분하게 고민하고 결정하면 미래의 나는 링 한가운데서 멋진 펀치를 날리며 경기를 하고 있을 테니까요.

경기가 끝나면 당당하게 챔피언 벨트를 매고 그 누구보다

기쁜 순간을 맞이할 수 있을 테니까요.

“

무의식적으로 급하게 내린
결정은 지금의 나만을
편하게 한다.

의식적으로 차분하게 내린
결정은 결과적으로
미래의 나에게도 도움이 된다.

그리고 좋은 결정이란 대체로
지금의 나에게는
불편하기 마련이다.

”

그대는 원기둥의 모습이 되려고 노력해야 한다. 원기둥은 높으면 높을수록 가늘어지고 아름다워지지만, 그 내부는 더욱 굳세어져서 무엇이라도 짊어질 수 있게 된다.[15]

– 프리드리히 니체, 『차라투스트라는 이렇게 말했다』에서

노력의 힘을 믿으세요

꿈을 이루기 위해 노력은 필수입니다.

인생은 B(Birth)와 D(Death) 사이의 C(Choice)라는 말이 있죠. 한편 성공은 D(Dream)와 F(Fail) 사이의 E(Effort)인 것 같습니다.

그래서 노력은 꿈의 성패를 좌우하는 중요한 요소입니다. 모두가 알고 있죠. 노력해야만 성공할 수 있다는 것을….

하지만 머리로는 알고 있지만 이 '노력'을 시작하고 이어나가는 것은 꽤나 어렵습니다. 노력하면서 희생해야 하는 것들, 투자하는 시간, 그리고 불편함…. 이를 감수하고 무언가 꾸준히 한다는 것은 누구에게나 힘든 일이기 때문입니다.

게다가 이 노력을 한다고 해서 성공한다는 보장도 없어 보이고 내가 감수한 것들이 헛수고가 되지 않을까 걱정이 되기도 합니다. 가장 달콤한 '수면'이라는 기본적인 욕구를 감수하고 잠을 줄여 가며 무언가를 하는 것. 그 좋은 유희와 쾌락을 뒤로하고 덜 재미있는 노력을 꾸준히 하는 것. 이 자체가 힘들기도 하고 그 결과가 확실하지 않기에 더더욱 힘듭니다.

그런데 노력 없이는 아무것도 얻어지는 것은 없고 한 걸음, 한 걸음 오르지 않으면 정상은커녕 산 중턱에도 오르지 못합니다. 일단 중턱에 올라야 정상에도 오르는데 말이죠.

중턱이라도 가보고자 새해를 맞이하여 야심 차게 헬스장에서 운동을 시작했습니다. 체력을 키워야 뭐든 할 수 있겠다고 생각했거든요. 물론 멋진 몸을 가진 미래의 모습도 상상해 보았습니다. 그래서 나름대로 열심히 했습니다. 보름 정도, 그 정도면 적은 시간은 아니잖아요. 작심삼일을 다섯 번이나 반복한 시간이니까요. 그리고 새로운 무언가를 시작해서 보름을 유지하는 것도 생각보다 힘이 드니까요. 이 힘든 시간을 지나고 보니 자연스레 변화한 제 몸매를 보고 싶었습니다. 그런데 이 누군가에겐 짧고 저에게만 길었던 보름 동안 큰 변화는 없더라고요. 약간 실망했습니다. 역시 적당한 Effort로는 Dream을 이루기는 힘든 것 같았습니다.

그런데 신기한 건 보름밖에 되지 않았는데 헬스장에서 드는 운동기구의 중량과 운동 시간이 조금씩은 늘고 있다는 것입니다.

운동 전문가는 아니지만 본인에게 적당히 무거운 중량을 들수록 근육이 더 잘 생긴다고 합니다. 그리고 그 중량을 일정 세트 유지할 수 있는 힘이 중요하고요. 가벼운 무게를 100번, 200번 드는 것보다는 한 세트에 10~15회 정도 들 수 있을 만큼 무거운 중량을 드는 것이 더욱 효과가 좋은 것이죠.

운동을 하다 보니 첫날에 10킬로그램을 들었다면 다음 날은 12킬로그램을 들고 싶어집니다. 오늘은 운동을 30분 했지만, 내일은 40분을 하고 싶기도 합니다. 그리고 과감하게 도전해 봅니다. 엊그제는 10킬로그램도 힘들었는데, 오늘은 12킬로그램을 들고 있는 저를 보게 됩니다. 더 오랜 시간 운동을 하는 저를 보게 됩니다. 그렇게 조금씩 중량과 시간이 늘어 갑니다. 그리고 몸도 조금씩 변해 가는 걸 느낄 수 있습니다. 이렇게 노력이 행동을 바꾸고 행동이 결과를 바꾸곤 합니다. 그렇게 꾸준히 늘리면서 하다 보니, 살도 빠지고 몸매가 좋아지기도 합니다. 바디프로필을 찍는 용기까지도 생기게 됩니다.

우리가 노력해야 하는 이유는 바로 이것이지 않을까요? 오늘 하루 노력했다고 성공할 수는 없습니다. 오늘의 Effort는 나의 Dream에 비하면 아주 작을지도 모릅니다. 하지만 오늘의 노력은 오늘로 끝나지 않습니다. 내일의 나에게 두 가지 선물을 줍니다. 어제까지의 노력으로 인한 '자신감', 그리고 그 노력으로 인한 '성장'. 이렇게 오늘의 자신감과 성장은 내일을 위한 발판이 됩니다. 우리는 어제를 발판 삼아 오늘 더 노력할 수 있게 되는 것이죠.

마치 근육이 붙어서 내일 더 무거운 무게를 들 수 있는 것처럼 우리의 노력도 '노력 근육'이 붙게 됩니다. 그리고 이 근육은 내일의 나에게 더 좋은 노력을 할 수 있는 힘을 줍니다. 오늘의 노력이 내일의 노력의 발판이 되는 것이죠. 시작은 10킬로그램이지만 내일은 12킬로그램을 들고 며칠 뒤엔 15킬로그램을 들고…. 언젠가 20킬로그램을 들다 보면 더 멋진 몸을 향해 갈 수 있는 힘이 되겠죠.

오늘 우리의 노력이 너무 미약하고 작아서 헛된 장난처럼 보일지도 모릅니다. 하지만 오늘의 노력을 내일의 노력을 위한 '근육'이 된다고 생각해 보세요. 오늘의 노력은 미약할지라도 내일의 나에게 꿈에 이르게 할 능력을 주는 것입니다.

이렇게 오늘의 노력은 내일의 더 큰 노력을 만드는 힘이 됩니다. 그리고 이는 우리를 꿈에 더 가까이 데려다줍니다.

그렇기에 오늘의 작은 노력은 결코 헛되지 않습니다. 포기하지 않고 노력하면 언젠가는 꿈에 다가가게 됩니다.

“

꿈을 이루기 위해
노력은 필수적이다.

하지만 우리를 꿈에 데려다
주는 것은 노력뿐만이 아니다.

노력하면서 얻게 되는
자신감과 성장이

우리를 포기하지 않게 하고,
결국 그 꿈에 데려다준다.

또 다른 꿈을 꾸게 한다.

”

●

재능이나 기량을 충분히 갖추고 있어도 일을 완성시킬 수 없는 사람이 있다. 그는 시간을 믿고 완성을 기다리지 못한다. 자신이 손만 대면 무슨 일이든 완성된다고 믿는다. 그 때문에 언제나 어정쩡한 결과로 끝나 버린다.

업무 수행에서도 작품 제작에서도, 차분히 힘쓰는 것이 중요하다. 성급히 대처한다고 해서 보다 빨리 완성되는 것이 아니기 때문이다. 일을 완성하는 데에는, 재능과 기량보다도 시간에 의한 숙성을 믿으며 끊임없이 걸어가는 인내의 기질이 결정적인 역할을 맡는다.[16]

– 프리드리히 니체, 『인간적인 너무나 인간적인』에서

나만의 무기를 가지고

살면서 취미나 특기를 이야기해야 하는 상황이 있습니다. 나름 이것저것 관심을 가지고, 좋아하며 살았는데 당당히 취미나 특기라고 말하기가 쑥스럽기도 합니다. 얼마나 잘해야 특기라고 당당하게 말할 수 있을지 애매하기도 하고 얼마나 좋아해야 취미라고 말할 수 있는지도 모르겠습니다. 왜일까 생각해 보니 '좋아하고 잘하는 것'에 대한 자신이 없었습니다. 남들보다 월등히 좋아하고 잘해야 한다고 생각했으니까요. 그래서 그 칸에는 항상 애매하고 추상적인 무언가가 적혀 있던 것 같습니다. 운동, 독서 이런 것들이 말이죠. 운동, 독서를 쓰면서도 '나보다 더 많이, 잘하는 사람들이 보고 비웃지는 않을까?' 하는 걱정이 되기도 했습니다.

겸손했던 것일 수도 있고, 자신감이 없었던 것일 수도 있습니다. 하지만 후자일 가능성이 더 큽니다. 자신감이 없었습니다. 취미나 특기라고 이야기하려면 무언가를 '잘해야' 하는데, '잘한다'라는 개념은 평균보다 높고, 그룹 내에서 상위 몇 퍼센트 안에는 들어야 한다고 생각했으니까요. 하지만 몇 퍼센트인지는 알 수 없었습니다. 확실한 건 살아갈수록 더 넓은 세상에 나보다 잘하는 사람이 많다는 것이었죠. 그래서 자신감은 더욱 떨어지곤 했습니다.

우리는 다양한 도전을 하면서 인생을 살아갑니다. 처음엔 흥미에서 시작했지만 더 잘하고 싶어서 시간을 들여 노력을 합니다. 그리고 '어느 정도' 잘하게 되곤 합니다. '어느 정도'의 개념은 꽤나 주관적이니까요. 이러한 내적 자신감은 재미와 결합되어 우리를 계속 노력하게 합니다.

특히 운동이 그런 것 같습니다. 처음에는 흥미로 시작했다가 요령을 터득하게 되면 시간을 들여서 노력을 합니다. 그리고 조금은 발전된 모습을 보게 됩니다. 뿌듯하기도 하죠. 하지만 세상은 넓고 잘하는 사람들은 많습니다. 어떤 이들은 이 잘하는 사람들을 이기기 위해 계속 노력하지만 많은 사람들은 포기하고 그만두기도 합니다. 그렇게 '한때' 했었던 사람으로 남게 됩니다. 취미나 특기라고 이야기하기 애매해집니다.

계속 노력하는 것은 생각보다 쉽지 않습니다. 반복 숙달의 지겨움, 현실적인 문제, 그리고 더 이상 성장하지 않는 자신의 모습에 흥미를 잃고 일찍 마침표를 찍기 쉽습니다. 이 마침표를 책으로 비유하자면 결론을 마무리하고 찍는 최종 마침표가 아닌 서론 혹은 본론 초입 정도에서 찍어 버리는 마침표인 것이죠. 이대로 책이 끝나면 어정쩡한데도 마침표를 찍고 책을 덮어 버리곤 합니다. 그러고는 다른 책을 쓰러 가거나 아예 책을 멀리하기도 합니다.

결론의 마침표를 찍기까지의 과정이 꽤나 힘들기에 우리는 그 중간에 어딘가에서 적당히 마무리하고 적당히 마침표를 찍는 것일지도 모르겠습니다. 그래서 그 어떤 것도 '내 것'이 없는 인생, '잘하는 것'을 당당하게 이야기하지 못하는 애매한 인생이 되는 것 같습니다. 이미 내 것이 아닌 상태에서 덮어 버렸으니까요.

무슨 일이든 시간을 두고 완성을 기다려야 합니다. 시간의 축적 없이 완성되는 일은 세상에 존재하지 않기 때문이죠. 이게 말은 쉬운데 실제로는 꽤나 어렵습니다. 무언가 한 가지를 꾸준하게 하다 보면 결국 이 어려움에 직면합니다. 포기할 만한 이유가 1,000가지도 넘게 있습니다. 그리고 이 1,000가지 이유는 꽤나 현실적이어서 더 와닿기 마련입니다. 컨디션이 안 좋아서, 더 이상 발전이 없는 것 같아서, 다른 재미있는 것이 생겨서 등등.

한편 인내하며 계속 노력해야 할 이유는 몇 가지 되지 않습니다. 그리고 심지어 추상적이어서 잘 와닿지 않습니다. 먼 나라의 이야기 같기만 합니다.

'내 꿈을 이루기 위해서, 성장하고 싶어서, 나의 한계에 도전해 보고 싶어서….'

이 몇 가지 되지 않는 추상적인 이유를 가지고 1,000가지가 넘는 현실적인 이유를 이겨 내야 합니다. 마치 작은 다윗과 거대한 골리앗의 싸움 같은 느낌입니다. 그러면 다윗이 싸워 이겼던 것처럼 우리도 이 싸움에서 이기기 위한 전략이 있어야죠. 골리앗의 약점을 파악하고 싸워 이길 수 있는 우리만의 무기 '돌멩이'를 만들어야 하죠.

포기해야 하는 1,000가지 이유의 공통점이 무엇일까요? 바로 조급함입니다. 빨리 성공하고 싶고 빨리 끝내고 싶은 마음이 수많은 현실적인 핑계를 만듭니다. 빨리 성공해야 하는데 성장은 보이지 않고, 빨리 잘하고 싶은데 매일 제자리인 것 같으니까요. 이 조급함이라는 약점에 자신만의 돌멩이를 던져야 합니다. 그래야 이겨 낼 수 있습니다.

그렇다면 조급함을 무너뜨릴 수 있는 돌멩이는 무엇이 있을까요?

첫 번째 돌멩이는 욕심을 버리는 것입니다. 오늘의 작은 노력이 내일의 큰 변화를 가져올 것이라는 생각을 버려야 합니다. 오늘의 노력은 오늘 들인 시간만큼의 변화를 가져오는 게 당연합니다. 하지만 하루에 두 시간을 노력한다고 하면 하루 24시간 중 잠자는 시간을 빼고 약 16시간 중 12%의 엄청난 노력을 했다고 생각하게 됩니다. 하루로 생각하면 적지 않은 시간이죠. 이 '적지 않음'이 기대를 만들고 이 기대가 실망을 만들기도 합니다. 하지만 『1만 시간의 법칙』(이상훈, 위즈덤하우스, 2010)이라는 책이 있죠.

어떤 분야에서 전문가가 되기 위해서는 최소한 1만 시간 정도의 시간이 필요하다는 내용입니다. 1만 시간에 2시간은 몇 퍼센트가 되나요? 0.02%입니다. 오늘 나의 12%는 성공을 위한 0.02%인 것입니다. 그러니 내일 당장 엄청난 변화를 기대하는 것은 욕심입니다. 노력은 당장 눈앞에 큰 변화가 생기는 것이 아니라 차곡차곡 쌓아 가야 하는 것입니다.

두 번째 돌멩이는 '성장 마인드 셋(Growth mindset)'입니다. 위에서 하루에 0.02%씩 발전한다고 했지만 이는 평균적으로 하루에 0.02% 발전하는 것입니다. 하지만 우리의 하루하루를 가까이에서 살펴보면 그렇지 못한 경우도 있죠. 컨디션이 좋지 않은 날, 어제보다 더 잘되지 않는 날, 그냥 하기 싫은 날도 있습니다. 그런 날은 평소처럼 노력하기가 쉽지 않습니다. 그리고 이런 감정들은 부정적인 생각을 만들고 조급함을 부추기죠. 그러니 노력하고 있다면 어떻게든 성장하고 있다고 믿는 것이 중요합니다. 실패는 성장의 기회라고 생각하고, 뭐든 배워 낼 수 있고 어른이 되어서도 성장은 멈추지 않는 것이라고 생각하는 것이죠. 오늘 조금 못했다 하더라도 괜찮습니다. 내일 또 하면 되니까요. 그리고 결국 우상향할 테니까요.

마지막 돌멩이는 조금은 흔한 이야기지만 희망을 가지는 것입니다. 오늘의 노력이 어떤 결과로 이어질 것인지 희망을 가지고 노력해야 합니다. 그 희망을 구체적으로 상상해서 정말 내 옆에 있는 것처럼 해야 합니다. 포기해야 할 1,000가지의 이유가 나를 공격하더라도 더 좋아질 거란 희망을 가지고 있으면 우리는 포기하지 않을 수 있습니다. 나와 우리 가족이 더 행복할 것이라는 '희망'만 가지고 있어도 우리는 계속할 수 있습니다. 희망은 앞으로 잘될 수 있는 가능성이니까요. 무엇이든 가능하기 위해서는 가능성에서부터 출발을 하니까요. 이렇게 조금은 흔한 것이 가장 기본이 되기도 합니다.

오늘도 제 마음속 골리앗은 1,000가지 무기 중 하나로 공격을 합니다. 이 공격은 꽤나 강력합니다. 글을 쓰는 이 와중에도 생각처럼 잘 써지지 않아 조급함이 스멀스멀 밀려옵니다. 답답한 마음이 들다가 오늘 하루는 쉬어 버릴까 하는 생각도 듭니다.

하지만 욕심을 버리고 어제보다는 나아질 것을 기대하며 희망을 품어 봅니다. 그리고 꾸준히 키보드를 두드리고 있습니다. 시간의 숙성 그리고 끊임없이 걸어가는 인내의 기질이 '완성'을 만든다는 것을 믿으니까요. 그리고 이 '완성'은 우리 인생을 더 성공으로 이끌어 줄 것이라고 믿으니까요. 이런 믿음이 없으면 조급함이라는 거대한 골리앗을 평생 이기지 못할 테니까요.

“

성공을 위해 버려야 할 것과 절대
버리지 말아야 할 것이 있다.

버려야 하는 것은 조급함이고,
버리지 말아야 하는 것은
희망이다.

조급함을 버리면 자연스레
희망의 농도가 짙어진다.

그 짙은 희망 속에서 실패, 포기,
패배 따위는 찾아보기 어렵다.

”

계획을 세우고 목표를 설정하는 일은 매우 즐거운 감정을 수반한다. 평생 동안 계획을 세우는 사람밖에 되지 못할 역량만을 가진 사람은 매우 행복한 사람이다.

그러나 그는 가끔 계획 세우는 일을 쉬고 계획을 실행하지 않을 수 없게 될 것이다. 그리고 그때는 분노와 환멸이 밀려올 것이다.[17]

– 프리드리히 니체, 『인간적인 너무나 인간적인』에서

포기하지만 않으면 됩니다

1월 1일에 새해 계획들 세우시나요? 그리고 그 계획을 잘 실천하고 계신가요? 저는 보통 매년 10월 즈음부터 다가올 새해 계획을 고민합니다. 아마도 그해 동안 이룬 것들이 성에 차지 못해서 미리 고민하는 것 같습니다. 두 달 정도 고민을 하고 이루고 싶은 것들을 한데 모아서 새해 계획으로 세우곤 합니다.

이 계획 세우기는 아주 어렸을 때부터 해서 익숙한 것 같아요. 초등학교 시절 방학 때는 동그란 원을 피자 모양으로 나눠 가면서 하루 계획을 세우곤 했고요. 중 · 고등학교 시절 시험 기간이 되면 야심 찬 시험 준비 계획이 무거운 가방의 무게가 되어 온갖 책을 넣고 낑낑거리며 도서관을 가게 하기도 했습니다.

물론 초등학교 때나 시험공부를 할 때나 그 계획들이 잘 지켜지지는 않았습니다. 아마 그때부터 '계획을 지키지 못하는 습관'이 들어서일까요. 어느 순간부터는 계획은 계획일 뿐이라는 생각이 들기도 합니다. 계획대로 다 이루어졌으면 지금보다 더 잘 살았을 것 같거든요. 물론 지금도 나름 행복하게 잘 살고 있습니다만.

계획을 이루지 못한 변명을 해 보자면 어려서부터 꿈은 크게 가져야 한다고 이야기를 들어서일까요. 자연스럽게 계획이 커지기에 이루지 못한 것 같습니다. 하지만 이런 큰 계획은 현실의 능력을 초과하곤 했고요. 계획을 이루는 과정에서 작은 완벽을 추구하려다 보니 시간이 부족해서 전체 계획을 이루지 못한 적도 있었습니다. 그런데 니체의 말을 읽고 나서 생각해 보니 그 이유를 조금은 알 것 같습니다.

우리는 우리의 정서에 맞서 매우 냉정하게 이성적인 계획을 세운다. 그러나 나중에 우리는 그것에 가장 큰 실

수를 저지른다. 왜냐하면 우리는 흔히 그 계획이 실행되는 바로 그 순간 우리가 계획을 구상했을 때의 냉정함과 사려 깊음을 부끄럽게 여기기 때문이다.[18]

계획은 이성적이지만 실행은 비이성적이기에 우리는 계획대로 이루지 못하는 것일지도 모릅니다. 계획을 실행하는 순간의 감성들이 최초의 이성을 이긴 것이죠. 이렇게 계획을 실행하면서 느끼는 감정이 마음속을 뒤덮게 되고, 계획에 지다 보면 부정적인 감정으로 남게 됩니다. 성격에 따라 다르겠지만, 계획형인 사람에겐 불안감을, 즉흥적인 사람에겐 더더욱 즉흥적으로 살게 하기 쉽죠.

계획을 실행하면서 자연스레 겪게 되는 어려움에게 마음을 주다 보면 저절로 이런 감정이 들곤 합니다. 심지어 계획에 약간의 차질이 생기면 두려움이란 감정에 휩쓸려서 처음의 계획을 덮어 버리기도 합니다. 앞으로 나아가다 보면 자연스레 생기는 장애물을 넘어야 하는데 그것을 넘지 못하고 좌절감이 가득 찰 수도 있습니다. 이는 종종 나 자신에 대한 실망이란 감정이 되어서 마음속에 각인되기도 합니다. 이렇게 새겨진 부정적인 감정이 나의 계획을 엎어 버리는 것이죠. 그리고 외부의 다른 이유를 변명으로 대면서 '어쩔 수 없음'을 포장하곤 합니다. 사실 어쩔 수 없는 건 나(나의 감정)인데 말이죠.

이 세상에는 세 가지 종류의 사람이 있는 것 같습니다.

1. 계획을 세우고 실천하는 사람

2. 계획은 세웠지만 실천하지 않는 사람

3. 계획을 세우지 않는 사람

보통 새해가 되면 의지를 가지고 1번과 2번을 왔다 갔다 하다가 어느새 3번으로 가 버렸습니다. 그리고 새해가 시작된다는 것을 구실 삼아서 다시 1번과 2번의 사이의 어딘가로 갔던 것 같습니다. 하루의 계획을 세우고 실천할 때에도 1번과 2번에서 사이에서 노력하다가 누군가는 3번으로 가기도 하는 것 같습니다. '즐겁게 살자'라는 그럴듯한 마인드와 함께요.

왜 3번으로 가는 걸까요? 그냥 편해서일까요. 아마

도 계획을 실천하지 못하는 자기 자신에게 실망해서 그런 것 아닐까요? 계획을 실천하는 과정에서 당연히 100%를 달성할 수는 없는데 이 100% 미만이라는 숫자를 '실패'라고 생각해서 그런 것일지도 모릅니다. 스케줄러에 적어 둔 하루의 계획을 달성하고 "완료"라고 써야지만 마음에 드는 성공이라고 생각하곤 하니까요.

그런데 100% 계획을 달성하는 것은 누구에게나 어렵습니다. 만약 매번 그런 사람이 있다면 계획이 너무 소소한 건 아닌지 생각해 볼 필요가 있습니다. 너무 쉬운 계획은 이루기 쉽지만 발전보다는 안일함을 주곤 하니까요.

계획을 100% 달성하지 못했다는 이유만으로 우리 자신을 패배자로 여기지는 않는지 생각해 볼 필요가 있습니다. 꼭 100점을 맞아야 성공인 것은 아니잖아요. 어렸을 때는 90점 이상만 되어도 빼어나다란 뜻의 '수(秀, 빼어날 수)'를 주고, 80점만 넘어도 넉넉하다는 뜻의 '우(優, 넉넉할 우)'를 주죠. 50점만 넘어도 충분히 가능성이 있다고 생각하여 '가(可, 가히 가)'를 주기도 했습니다.

내 계획에 항상 100점을 맞을 필요는 없습니다. 50점만 받아도 가능성이 있는 것이고, 70점만 맞아도 그 자체가 아름다운 것(美, 아름다울 미)입니다. 계속 노력하고 있다는 것만으로도 가능성이 있으며 조금 더 노력하면 어질어지고(良, 어질 양), 아름다워지며, 빼어날 수 있게 됩니다.

우리의 계획을 너무 어려운 시험문제로 만들지 않았으면 좋겠습니다. 너무 어려운 시험문제는 쳐다보기도 싫어지니까요. 내 수준에서 풀 수 없는 시험문제는 '무능력함'이라는 부정적인 감정을 가져오니까요. 그러니 시험문제가 어렵다고 생각되면 문제를 조금 쉽게 만들어도 됩니다. 어찌 보면 계획이란 내가 자신에게 내는 시험문제와도 같으니까요.

장애물에 부딪힌 날, 평소보다 조금 힘든 날에는 계획을 수정해도 괜찮습니다. 포기하지만 않으면 됩니다. 매일 3킬로미터 달리기를 하겠다고 계획했지만 날씨가 좋지 않고, 몸이 너무 힘든 날이 있죠. 3킬로미터를 다 뛰려니 너무 힘들어서 포기하고 싶어집니다. 이런 날은 500미터만 뛰어도 괜찮습니다. 아니, 나가서 산책만 해도 괜찮습니다. 일단 계획을 실천하고 있는 과정이니까요. 오늘 실천을 하면 내일도 또 실천할 습관을 얻게 되니까요. 오늘은 '가능성'을 열어 두면, 내일은 넉넉해질 수 있고, 모레에는 빼어나질 수도 있는 것이니까요.

1년 후에 오늘을 돌아봤을 때 500미터를 뛰거나 산책을 한 날의 찝찝함으로 기억되지 않을 겁니다. 꾸준히 실천에 옮기고 성장한 '자랑스러운 나'만 남아 있겠죠. 50점과 100점 사이의 하루하루의 성과들이 평균이 되어서 어질거나, 아름답거나, 심지어는 빼어난 내가 될 수도 있겠죠.

그러니 계획을 수정하는 것을 두려워하지 마세요. 계획을 수정하는 것보다 포기하는 것을 두려워하세요. 계획은 언제든지 수정할 수 있지만 무계획에서 계획을 세우고 실행에 옮기는 것은 더 큰 용기가 필요하기 때문입니다.

이루고 싶은 목표를 적으세요. 그리고 하나하나 하세요. 오늘 조금 힘들다면 조금 수정해도 괜찮습니다. 중요한 건 힘들어도 조금이라도 하고, 내일도 하는 것입니다.

나의 소중한 오늘이 너무나도 이성적이었던 과거가 만든 계획에 패배하지 않는 하루가 되셨으면 좋겠습니다. 포기하지만 않는다면 우린 패배하지 않습니다.

“

계획을 세우는 것과
실천하는 것은 다를 수밖에 없다.

계획을 세울 때는 이성적인
내가 되지만, 실천할 때는
온갖 두려움을 이기며 살아가는
현실 속의 나이기 때문이다.

하지만 괜찮다.
멈추지만 않는다면.

그럼에도 불구하고
계획을 달성하고자 하는 노력은

내가 그렸던 미래의 나보다
더 훌륭한 미래를
만들어 낼 수 있다.

'그럼에도 불구하고' 이겨 낸
사람이 되기에,
더 짙은 인간이 되기에.

”

이것이 우리의 운명이다.

우리는 높은 곳을 향해 성장한다.[19]

– 프리드리히 니체, 『즐거운 학문』에서

가장 재미있는 건, 성장이니까요

키가 크지 않던 시절부터 사는 게 조금 지루했던 것 같습니다. 이상하죠. 그렇게 열심히 공부해서 대학에 들어갔는데 사는 게 싫증이 나고, 재미가 없었습니다. 그래서 일부러 자극적이고 재미있는 것들을 찾아다니기 시작했던 것 같습니다.

하지만 자극적이고 재미있는 것들에는 한계가 있었습니다. 이들은 상대적으로 짧게 유지되고 그 끝에는 공허함이 남는 경우가 많았습니다. 또한 세상에는 다른 자극적인 것들이 많기 때문에 쉽게 고개를 돌려 버리기 쉬웠습니다. 오늘은 여기서 재미를, 내일은 저기서 재미를 찾고 느끼다 보니 순간적인 자극만을 좇는 삶을 살기 쉬웠습니다.

어른이 되고 보니 어렸을 적 아버지의 퇴근길이 많이 떠오르곤 합니다. 직장생활에서 느끼는 경험은 기쁨보다 싫증에 가까운 일이 많은데, 그래도 항상 밝은 미소로 퇴근하시던 아버지의 모습이 떠오릅니다. 어른이 되고 보니 퇴근길에 항상 미소를 지는 게 쉽지 않다는 것을 알았거든요. 지금 제가 회사에서 느끼는 그 싫증을 견디고 오랜 기간 동안 한 직장에서 일을 하신 아버지가 존경스럽기도 합니다. 물론 저도 직장에서 나름 열심히 일을 하지만 가끔 이런 질문들이 머릿속을 채웁니다.

'무엇을 위해 이 일을 해야 하지? 전혀 실용적이지 않은데?' '그래도 참고 꾸역꾸역 하는 사람들이 인정을 받는 건가?' '이게 어른들의 삶인가?' '이게 최선인가?'

이런 질문들을 던지며 사는 삶에서 '성장하는 느낌'을 얻기는 힘들었습니다. 성장보다는 꾸역꾸역 살아가는 느낌이었습니다. 물론 사회적, 기술적으로 어느 정도 성장은 했겠지요. 하지만 조직 내에서의 일꾼은 성장해 봤자 그 조직 내의 '훌륭한' 일꾼으로만 성장하게 됩니다. 조직 내에서의 성장이 인간적인 성장과 항상 일치하지는 않았으니까요. 인간으로서의 성장이 아니라 일꾼으로서의 성장이었으니까요.

이렇게 성장에 목이 말라서일까요. 오아시스를 찾으러 돌아다녀 보았지만 쉽게 찾을 수 없었습니다. 마흔 즈음에 인생의 이런저런 풍파를 만나다 결국 도착한 곳은 특별한 곳이 아니었습니다. 키보드를 치며 글을 쓰는 제 방이었습니다. 그런데 이 방에서 참 신기한 일이 펼쳐지고 있습니다.

특별하지 않았던 제 방은 참 무궁무진한 곳이었습니다. 외적으로도, 내적으로도 성장이 가능한 곳이고, 성격이 급하고 싫증도 잘 내던 제가 무언가 꾸준하게 열심히 할 수 있는 곳이었습니다. 그리고 무엇보다도 매일 쓰다 보니 인간적으로 성장할 수 있는 곳이었습니다. 내적으로 생각은 넓어지고, 외적으로 말과 행동은 변하기 시작한 곳이었습니다.

직장에서는 몇 년에 한 번씩 승진을 통해서 객관적 성

장을 가늠할 기회가 주어집니다. 하지만 글을 쓰다 보면 그 주기가 짧아집니다. 이 짧아진 주기는 지속적인 재미와 동기부여로 이어졌습니다. 그래서 매일 새벽 글을 쓰고, 매일 새벽 조금씩 성장하고 있습니다. 이 성장이 재미있어서 매일 하게 되었습니다. 게임에서도 레벨 업을 할수록 재미있어지기 마련이니까요.

매일 글을 쓰다 보니 글을 쓰는 자세와 마음이 조금씩 커 가는 것을 느낍니다. 무엇보다도 신기한 것은 글을 쓰고 모으다 보니 이 모인 '덩어리'로 무언가 도전해 보고 싶은 마음이 생긴다는 것입니다. 이 마음이 모여 이렇게 책이 되기도 하는 것 같습니다.

아직 부족하지만 싫증 나지 않고 재밌습니다. 왜냐하면 어제보다 오늘 더 나아지고 있으니까요. 그리고 이 '나아짐'의 감정은 다른 곳에서는 쉽게 찾기 어려운 감정이니까요.

글을 쓰기 전 성장할 거리가 없던 시절을 생각해 봅니다. 무엇을 하다가 싫증이 나면 다른 곳에서 '재미'를 찾기 위해서만 노력했던 시절이었죠. 나도 모르게 더 자극적인 것을 경험하고 싶은 욕망이 생기곤 했습니다.

가끔 TV 뉴스에 각종 자극적인 사건 사고들이 나옵니다. 그리고 그 행위의 주체는 학력 고하를 막론하고 모든 사람들에게 나타납니다. 공부를 많이 하든 적게 하든, 돈이 많든 적든, 자극적인 것을 좋아하는 욕망은 누구에게나 있습니다. 그리고 이 욕망이 과도해지면 의도치 않게 좋지 않은 소식으로 TV 출연도 하게 되는 것이죠. 사는 게 재미가 없다고 더 강렬하고 위험한 재미를 찾다 보니 이런 일이 벌어지기도 합니다. 그렇다면 안전하고 재미있는 것을 찾아야겠죠. 그 재미는 오늘 하루 만에 끝나는 것으로는 부족하겠죠. 오늘도 재밌고, 내일도 재미있는 진짜 재미있는 것을 찾아야 합니다. 오래도록 재미있게 인생을 살기 위해서요.

진짜 성장의 재미를 맛보면 다른 자극적이고 단기적인 재미는 눈에 차지 않을지도 모릅니다. 제일 오래도록 재미있는 건 성장하는 재미인데 다른 무엇이 눈에 들어올까요.

사는 게 재미없는 사람들이 많습니다. 제가 그랬었

고 많은 분들이 그런 감정을 느낀 적이 있을 거라 생각합니다. 그러다가 '인생은 원래 그런 거야'라며 애써 자신을 위로하곤 합니다. 내 인생을 '살아가지' 못하고 '살아지는' 삶을 살게 됩니다. 성장보다는 안정만 추구하는 삶. 어제와 똑같은 삶. 그냥 흘려보내는 삶. 이런 삶은 재미가 없습니다.

'나는 날마다 모든 면에서 좋아지고 있다.' 이런 생각을 가져 보는 건 어떨까요? 그리고 이 마인드로 날마다 플러스되는 느낌으로 사는 것이죠. 물론 '모든 면'이라고 하니 너무 거창할지도 모르겠습니다. '모든'이 너무 부담스러우면 '일부 면'에서라도 좋아진다고 생각해도 괜찮습니다.

인간의 욕망은 끝이 없습니다. 이 욕망의 방향을 쾌락으로 조준하면 쾌락에는 끝이 없게 되고요. 이 방향을 성장으로 조준하면 성장에는 끝이 없을 수도 있습니다. 그리고 성장에 끝이 없는 삶을 살면 하루하루 싫증 날 일이 없는 재미있는 삶을 살 수 있겠죠. 인간은 생각하는 대로 되기 마련이니까요.

그러니 어제보다 더 나은 오늘을 살아야 합니다. 0.1%라도 성장하는 하루를 살아야 합니다. 그게 바로 '살맛' 나는 인생의 시작입니다. 성장의 대상이 거창하지 않아도 됩니다. 내가 중요하다고 생각하는 것들은 모두 성장의 대상이 될 수 있습니다. 글쓰기가 될 수도 있고, 운동이 될 수도 있고, 독서가 될 수도 있고, 가족에게 주는 사랑이 될 수도 있습니다. 내 인생을 가치 있게 만드는 '내가 주체가 되어서' 할 수 있는 것들은 모두 그 대상이 될 수 있습니다.

간혹 '내가 주체가 되지 못하는' 것에 대한 성장을 과도하게 바라는 사람들이 있습니다. 타인의 도움, 시대의 운과 같은 것에 기대하는 것이죠. 이렇게 내가 통제할 수 없는 것들이 때로는 성장하는 것 같은 착각이 들기도 하지만, 진짜 내가 노력해서 얻은 성장이 아닐 수도 있습니다. 그리고 시대와 운에 따라 성장은커녕 축소될지도 모르니 당연히 재미가 없겠지요. 두려워지기도 합니다.

어제보다 더 마음을 담아서 솔직하게 쓴 나의 글, 어제보다 조금 건강해진 나의 몸, 어제보다 더 많이 알게 된 책 속의 지혜, 나로 인해 어제보다 더 행복한 우리 가족. 이런 것들을 위해 살다 보면 싫증이 나지 않습니다. 참 '살맛' 나는 인생이 될 수 있습니다.

그러니 어제처럼 똑같이 살지 말고 어제보다 조금이라도 더 성장하는 하루를 보내셨으면 좋겠습니다. 양적으로든 질적으로든 가장 재미있는 것은 커 가는 맛이니까요.

“

고통과 권태 사이에서
오늘도, 내일도 재미있을 수
있는 유일한 것은 성장이다.

성장을 통해 얻게 되는 자신감은
우리에게 활력을 준다.

성장한 내가 바라보는
더 높은 곳을 향한 시선은
그 무엇보다 나를 흥분시킨다.

”

3장

빛나기 위해서

●

예리하고 영리하기만 해서는 안 된다. 어떤 면에서는 둔해 보이는 것도 필요하다. 영특한 것만이 멋있는 것은 아니다.

영특하지만 늘 '아직 어리다'는 말을 듣고 어딘지 가볍게 보이는 취약점도 필요하다.

예리하면서도 어느 정도 둔한 면이 있어야 애교스러운 이로 여겨져, 사람들의 사랑을 받고 누군가가 도움을 주기도 하며 편을 들어줄 여지도 생긴다. 이것은 영특하기만 했을 때보다 훨씬 많은 것을 얻게 한다.[20]

– 프리드리히 니체, 『즐거운 학문』에서

완벽하지 않아도 됩니다

'다방면에 걸쳐 능력 있는 사람'이라는 팔방미인(八方美人). 혹시 여러분은 팔방미인이신가요? 아니면 팔방미인이 되고 싶으신가요? 저는 팔방미인은 아닙니다. 못하는 게 꽤 많은 것 같아요. 이 부족함 때문에 어려서부터 팔방미인이 되고 싶었던 것 같습니다. 다 잘하는 사람이 되고 싶었어요.

공부도 잘하고 싶었고, 운동도 잘하고 싶었고, 옷도 잘 입고 싶었고, 친구들에게 인기도 많고 싶었습니다. 물론 한계가 있었습니다. 그래서 제가 생각하는 만큼의 팔방미인은 되지 못했고 그냥 이런 모습으로 지내고 있습니다.

하지만 요새는 '팔방미인'이 되려고 살지는 않습니다.

'팔방'의 사회적 기준을 누가 만들었는지조차 모르겠고, 알 수 없는 사람이 만든 그 기준에 제 자신을 맞춰 사는 게 잘 사는 것인지 모르겠다는 생각이 듭니다. 그냥 주어진 상황에서 하고 싶은 것에 최선을 다하며 살려고 합니다.

『트렌드 코리아 2024』(김난도 외, 미래의창, 2023)에서 2024년을 선도할 트렌드 중 하나로 '육각형 인간'이 소개되었습니다. 외모, 성격, 학력, 자산, 직업, 집안의 능력치를 육각형으로 만들어서 사람을 평가하는 척도죠. 마치 축구 게임에서 선수의 능력치를 보여 주는 지표처럼요. 이는 2024년 대한민국의 사회적 팔방미인의 객관적인 조건들을 제시해 주는 것 같기도 합니다.

특히 젊은 사람들이 이 지표를 채우기 위해서만 노력을 한다고 하니 안타깝습니다. 외모와 집안은 내 마음대로 되는 것이 아니죠. 학력, 자산, 직업도 각자의 그릇이 있기 마련인데 이를 사회적으로 객관화하여 평가한다는 것이 안타깝습니다. 하지만 다다익선이라고, 사회적으로도 팔방미인을 원합니다. 우리 또한 본능적으로 남들보다 잘 살고 싶은 건 어쩔 수 없죠. 그래서 이 기준을 충족시키려고 노력하는지도 모르겠습니다. 하지만 이 팔방미인은 과연 인간적으로 매력적인 사람일까요?

모든 분야에서 완벽한 사람들은 누군가에게는 존경의 대상이 되기도 합니다. 하지만 반대로 시기와 질투의 대상이 되기도 하죠. 외모, 능력, 집안 등을 모두 갖춘 '것처럼' 보이는 TV 속 연예인이나 정치인들은 '안티'가 있기 마련입니다. 그리고 조금만 실수를 하면 언론에서는 그것을 언급하기 바쁘죠. '팔방미인'이 이런 과오를 범했다고. 그리고 대중들은 이를 보면서 실망을 하기도 하고 '역시…'라고 생각하며 혀를 차기도 합니다.

그런데 너무 완벽하지는 않고 한두 군데가 어리숙해 보이는 사람들이 있잖아요. 그런 사람들은 상대적으로 안티팬이 적습니다. 그 어리숙함이 매력이 되곤 하죠. 방송인 유재석 씨를 예로 들어 볼까요. 유재석 씨는 별명이 '메뚜기'였죠. 빼빼 말랐던 몸과 얼굴은 '외모'의 능력치를 보았을 때 좋은 점수를 받지는 않았습니다. 하지만 그래서일까요. 그의 외모는 완벽하지는 않지만 어느 정도 '둔한 면'으로 느껴집니다. 그리고 사람들에게 애교스럽게 보이기도 합니다. 외모까지 잘생긴 유재석 씨는 무언가 어색하잖아요. 즉 유재석 씨 특유의 어리숙한 외모로 인해 더 많은 인기를 얻을 수 있던 것이라고 할 수 있습니다.

니체는 이야기합니다. 예리하고 영리하기만 해서는 안 된다고. 둔해 보이는 것도 필요하다고 말이죠. 쇼펜하우어도 이렇게 이야기했죠. "호감을 얻고 싶다면 가장 어리석은 동물의 가죽을 입어라." 왜일까요? 인간은 본능적으로 타인의 우월성에 대하여 시기하고 질투하곤 합니다. 그리고 시기와 질투를 받는 사람은 사람들의 사랑을 넓고 오래 받기가 어렵죠. 똑같은 일을 해도 누군가는 칭찬을 받는데 시기와 질투를 받는 사람은 '이거밖에 못하냐?'라며 핀잔을 들을 수도 있습니다. 마치 수해 피해가 났을 때 유명 연예인이 상대적으로 적은 금액을 기부했다고 질타를 받는 것처럼요.

이렇게 너무 완벽하면 매력적이기 힘들고 사랑받기 힘듭니다. 좀 아둔하고 모자란 '귀여운 면'이 있어야 사람들은 매력을 느끼고, 도와주고자 하는 마음이 생깁니다. 그리고 이 도와주고자 하는 마음은 살아가는 데 더 큰 도움이 됩니다. 덜 외롭고 행복하게 그리고 따듯하게 살 수 있습니다.

또한 팔방미인은 한계가 있습니다. 팔방미인은 어느 지역과 한 시대에서의 미인일 뿐이죠. 다소 주관적인 개념입니다. 영원하지 않죠. 한 동네의 팔방미인은 대한민국에서 팔방미인일 수 있지만, 대한민국의 팔방미인이 세계적으로는 그렇지 않을 수 있습니다. 또한, 학창 시절의 팔방미인이 성인이 되어서도 여전히 팔방미인일 거라고는 장담할 수 없죠. 영원하고 지속적인 '미인'이 될 수 없습니다. 그렇다면 어떻게 해야 오랫동안 사랑받을 수 있을까요?

많은 사람에게 오랫동안 사랑받을 수 있는 '매력'이 있어야 합니다. 누구를 만나든, 젊어서든, 늙어서든, 매력이 있어야 합니다. 그리고 그 매력은 '완벽함'에서 나오는 게 아니라 약간은 창피할 수 있는 '약점'에서 나오는 것이고요.

하지만 안타깝게도 나의 결점을 가리기 급급한 시대입니다. 외모의 결점을 가리기 위해 성형외과를 가고 경제적인 결점을 가리기 위해 사치품으로 치장을 하기도 하죠. 이런 방법으로 나의 결점을 가리고 장점화하는 것은 본능이지만 이는 결국 시기와 질투를 가져올 수 있습니다. 그리고 이 시기와 질투는 이 세상을 잘 사는 데 큰 도움이 안 됩니다. 더 외로워지고, 덜 행복해질 수 있습니다.

사람은 사람에게 사랑받을 때 가장 행복합니다. 그리고 사랑을 받으려면 지켜 주고 싶은 마음이 들게 하는 뭔가 약점이 필요합니다. 완벽함으로 가득 차면 다른 사람이 들어올 틈이 없어집니다.

영원히 자신만의 능력으로 이 세상을 잘 살아갈 수 있다면 좋겠지만 쉽지 않죠. 언젠가 어느 순간에는 다른 사람들의 도움이 필요할 수밖에 없습니다. 그리고 그 사람들은 너무 완벽한 내 모습보다는 조금은 우둔한 내 모습에 매력을 느끼고 도움을 줄지도 모릅니다.

그러니 너무 완벽하지 않아도 됩니다. 완벽하지 않은 부분만큼 다른 사람들에게 사랑을 받고 살 수 있습니다. 그리고 그 사랑은 더 오래가고 행복합니다. 그러니 내 단점을 드러내는 것을 두려워하지 마세요. 나의 단점과 약점은 누군가에게는 도와주고 싶은 '매력'이 될 수도 있습니다. 그리고 이를 극복하고 성공한 모습은 누군가에게 희망이 될 수도 있습니다.

팔방미인보다 칠방미인, 육방미인이 더 오래 아름다울 수 있습니다.

“

완벽함이란 착각이다.

이 세상 그 누구도
완벽할 수 없다.

하지만 완전함은 가능하다.

나의 장점과 단점을
받아들이고 이를 통해
무언가 만들었을 때,

이를 완전하다고 한다.

”

건강한 인상을 주려는 작품은 적어도 그 창조자가 가진 힘의 4분의 3만 보여 주어도 된다. 만약 반대로 그가 자신의 한계까지 힘을 기울였다면, 그 작품은 관찰자를 흥분시키고, 작품의 긴장감으로 관찰자를 불안하게 만든다.

모든 훌륭한 것들은 여유를 조금 가지고 있으며 초원의 소처럼 누워 있다.[21]

– 프리드리히 니체, 『인간적인 너무나 인간적인』에서

75%만 노력해도 돼요

종종 120% 노력했다는 말을 듣곤 합니다. 최선을 다 했다는 말이겠죠. 하지만 '120% 노력'이라는 표현은 주로 '과장'의 표현으로 사용됩니다. 모 정치인이 재임 기간 동안 120% 노력을 했다고 이야기하고 모 축구 감독이 120% 노력을 했지만 패배했다고 말하곤 합니다. 하지만 정말 성공한 정치인들이나 우승을 한 감독들은 이런 표현을 잘 사용하지 않습니다. '해야 할 일을 열심히 했습니다', '선수들이 집중력을 발휘해서 승리했습니다'라고 인터뷰를 하곤 하죠.

실제로 매일 120%의 노력은 큰 문제를 일으키기도 합니다. 모 프로야구 감독은 120%의 노력을 하는 감독으로 유명했습니다. 새벽부터 늦은 밤까지, 경기장에서도 집에서도, 야구 생각만 하고 살았죠. 흔히 '노오오력'이라고 이야기하는 과도한 노력을 하다가 팀이 연패를 당하자 경기 중에 실신하는 일이 벌어지기도 했습니다. 다행히 건강을 회복했지만 그 이후로는 야구 생각은 야구장에서만 한다고 합니다. 지금은 100% 혹은 그 이하의 노력만 하며 그의 팀은 좋은 성적을 거두고 있습니다.

우리 모두 최선을 다하며 완벽한 무언가를 만들기 위해 하루하루 살고 있습니다. 내가 할 수 있는 능력 안에서 최선의 노력을 다하며 살아갑니다. 정말 훌륭합니다. 존경받아 마땅합니다. 그런데 하루 이틀도 아니고 매일 이 노력이 나의 능력 밖의 노력이라면 어떻게 될까요. 힘들어집니다. 그리고 이 노력은 장기간 지속되기 힘듭니다. 하루하루 노력하는 주체인 '나'를 갉아먹고 있을지도 모르니까요.

이는 건물을 지을 때 계획하는 전기용량을 생각하면 이해하기 쉽습니다. 건물을 설계할 때 전기 용량이 100이라고 하면 실제로 건물에서 사용하는 전기 용량은 80 이하입니다. 이 80%를 정격전류라고 합니다. 80% 이상으로 전기가 흐르게 되면 과부하를 방지하기 위해 차단기가 내려갑니다. 전기를 많이 써서 정전이 될 때에는 100%를 넘을 때가 아니라 80%를 넘을 때인 것입니다. 가지고 있는 능력에서 100%를 다 써 버리는 건 위험하니까요. 100% 이상을 써 버리면 아무것도 남지 않게 되니까요.

사람도 마찬가지입니다. 100% 가까운 노력을 24시간 내내 하게 된다면 몸에서 적신호가 오기 시작합니다. 100%의 에너지를 평소에 매일 쓰면서 살기는 힘드니까요. 아침에 일어나기가 힘들거나 정신적으로 공허함이 생기거나 무기력증이 오곤 하죠. 이 신호가 어찌 보면 차단기가 내려가는 것입니다. 이렇게 몸에서는 신호를 보냈는데 우리는 목표와 꿈 때문에 이를 무시합니다. 둔감해서일지도 모르고, 애써 외면하려는 것일지도 모르죠. 하지만 이런 무시가 누적되다 보면 나중에는 차단기를 교체할 수 없을 정도로 고장 나 버릴 수도 있습니다. 아예 일어나지 못할지도 모르고 극도의 우울증과 무기력감으로 다시 일어설 수 없을지도 모릅니다.

행동을 통해 과한 노력을 하는 것도 위험하지만 잘하기 위해 너무 많은 신경을 쓰는 것도 큰 문제가 되곤 합니다. 행동을 하다 보면 무언가 변화라도 눈에 보이곤 하죠. 그런데 신경만 쓰면 아무것도 시작하지 못할지도 모릅니다. 120% 신경을 쓰다 보면 들어가지 말아야 할 것들이 그 120%에 포함됩니다. 바로 걱정과 두려움이죠. '만약 실패하면 어떻게 하지?'라는 생각을 하게 됩니다. 그러다 보면 정작 아무것도 시작하지 못할지도 모릅니다. 빠르게 시도하고 실패도 빠르게 한 다음, 빠르게 수정하여 다시 도전하는 게 무언가를 이루기 더 좋은 방법일 수도 있으니까요.

이는 많은 성공한 사람들의 성공 스토리를 살펴보면 알 수 있습니다. 일단 작게 시작하고, 실패를 하고, 다시 수정하고 또 도전하며 점차 나아갑니다. 과도한 걱정과 두려움을 가지고 시작을 두려워하지 않습니다. 120%의 노력을 다한다면 지쳐서 포기해 버릴지도 모르겠지만 꾸준하게 80% 정도만 한다면 내일도 또 도전할 에너지가 생기는 것이니까요.

그리고 오래 꾸준히 하는 사람은 결코 실패하지 않습니다. 100%의 노력을 다한다고 하면 '빨리' 할 수 있을까요? 잘할지는 몰라도 빨리 마무리하기는 쉽지 않습니다. 나의 전부를 걸어서 무언가를 만드는데 빨리 그리고 적당히 이 세상에 공개하기는 쉽지 않습니다. 내 전부라고 생각하고 고민하다 보면 욕심이 생겨서 마무리를 짓기가 어렵습니다. 서랍 속에 묵혀 두기만 할 가능성이 있습니다.

나의 100%가 다른 사람 기준에서 100%일 것이라는 보장은 없습니다. 나의 120%가 이 세상의 120%의 무언가가 되리라는 보장도 없고요. 반면 나의 80%가 우연히 세상의 100%가 아닐 거란 보장도 없죠. 글을 쓰다 보면 정말 열심히 쓴 글이 생각보다 별 반응이 없을 때가 있습니다. 그런데 그냥 간단하게 쓴 몇 자 안 되는 글이 독자들과 이웃들에게 더 큰 공감을 일으킬 때가 있어요. 80%의 힘도 안 들였는데 120%의 효과가 날 때가 있기도 합니다. 이전에 썼던 100%라고 생각했던 글은 너무 힘이 들어가 독자들이 이해하기 어려웠을지도 모르겠습니다. 하지만 힘들이지 않은 여유가 넘치는 80%의 글은 독자들이 20%

를 자신의 생각으로 채우는 것 같기도 합니다. 그렇게 적당한 노력을 들인 글이 좋은 글이 되는 것 같기도 합니다.

적당한 노력은 회복탄력성에도 영향을 줍니다. 누구든지 실패를 하잖아요. 특히 처음 시도한 것의 실패는 어찌 보면 당연합니다. 그런데 100%의 노력 이후의 실패와 80%의 노력 이후의 실패는 받아들이는 '충격' 면에서 큰 차이가 있습니다. 전자는 좌절하고 지쳐 버리기 쉽습니다. 그러기에 오래도록 노력하는 중요한 것이라면 후자가 더 좋은 방법이죠.

인간은 두뇌의 10%만 사용할 수 있다는 학설이 유행한 적이 있습니다. 하지만 이 사실이 틀렸다는 과학적 근거들이 속속 밝혀졌습니다. 평소에는 10%만 사용하다가 필요할 때는 100%도 사용할 수 있다는 것입니다. 마치 컴퓨터도 평소에는 10% 정도의 CPU 능력만 사용하다가 게임과 같은 고성능 프로그램을 운영할 때는 능력을 80~90% 사용하는 것과 같은 이치죠. 평상시에 계속 뇌의 120%를 사용하면 어떻게 될까요? 지금보다 훨씬 많은 체중과 호흡이 필요하고 영양 섭취를 해야 합니다. 오랫동안 잘 살기 위해서 항상 120%로 살 수는 없도록 우리의 몸도 설계된 것이죠.

그러니 조금은 느긋하게 노력해도 좋습니다. 장기간 해야 할 일이라면 더더욱 그렇습니다. 심리학적으로나 뇌과학적으로 장기간의 120% 노력은 해로우니까요. 그리고 이 해로움은 우리를 망쳐 버릴지도 모르니까요.

매일매일을 기말고사 전날 벼락치기 하는 것처럼 살 수는 없습니다. 벼락치기보다는 평소에 꾸준히 예습과 복습을 하고 다양한 생각을 한 학생이 시험을 잘 보고 건강할 테니까요. 그렇게 사는 인생이 더 은은하고 오래 빛나는 인생이 될 테니까요.

“

최선의 노력을 다하는 것은
중요하다.

하지만 그 노력에는
반드시 틈이 있어야 한다.

그 틈을 통해서
빛이 새 나오기 때문이다.

새 나간 빛은 사라지지 않는다.
돌고 돌아 다시 나를 비춘다.

나를 더 빛나게 한다.

”

●

독창성이란 무엇인가? 모든 사람들의 눈앞에 있는데도, 아직 이름이 붙여지지 않아 불릴 수 없는 것을 보는 것. 사람들에게 흔히 일어나는 일은, 이름이 붙여져야 비로소 그 사물이 보이게 된다는 것이다. 독창적인 사람들은 대부분 명명자(命名者)들이기도 했다.[22]

– 프리드리히 니체, 『즐거운 학문』에서

자신만의 눈으로

이 세상에 없던 것들을 만들어 내는 사람. 그리고 그 만든 것의 가치로 사람들에게 도움을 주는 사람이 성공하는 시대입니다. 현시대에 훌륭한 부자들은 그렇게 세상에 이로운 무언가를 만들어 내고 영향을 주면서 살아가고 있죠.

성공한 작가, 기업가, 연예인들이 그러합니다. 이 세상에 없던 휴대폰을 만든 스티브 잡스, 이 세상에 없던 자동차를 만든 일론 머스크, 우리나라에는 없던 EPL(English Premier League) 선수 손흥민 등등. 다른 사람들이 만들어 내지 못했던 가치를 만들고 그 영향력으로 이 세상에 흔적을 만들고 있는 사람들입니다.

'나만의 것을 만들기 위해 어떻게 해야 할까?' 생각을 하다가도 '부럽다. 나도 저렇게 되고 싶다. 아니, 내 자식이라도 저렇게 되었으면 좋겠다.'라며 막연한 부러움만 가지면서 그들의 퍼포먼스에 점점 빠져들게 됩니다.

하지만 '나만의 것'을 만든다는 것이 사실 쉽지 않습니다. 내가 예전에 잠시 생각했던 기발한 것은 누군가가 먼저 만들어서 '이런 늦었네!'라는 생각이 들고요. 무언가 도전해 보고 싶었던 것이 있었지만 누군가 먼저 해 버렸기에 '뒤늦게 해 봤자 안 되겠지?'라는 생각이 들죠. 이런 생각을 하다 보니 '이미 늦은 사람'이라고 생각될 수 있습니다. 이 생각이 고착화되면 새로운 것을 창조하는 능력을 잃어버리게 됩니다. 그래서 우리는 평범한 사람이 되곤 합니다. 자신만의 가능성을 닫아 버리게 되니까요.

하지만 그럼에도 불구하고 우리는 모두 독창적입니다. 얼마나 독창적으로 우리가 태어났는데요. 1억 분의 1의 경쟁을 뚫고 태어난 우리잖아요. 가장 훌륭한 부모님의 좋은 유전자만 골라 받아 태어났잖아요. 그리고 어렸을 때부터 경험했던 나만의 것들이 연결되면 그 누구도 갖지 못하는 독창성을 가질 수 있으니까요.

단지 동일한 교육을 받고 같은 사회 속에서 살아가기에 비슷한 삶을 살아가고 있지만 우리 내면의 '나'는 그 누구보다도 독창적입니다. 이 세상 어디에도 없는 특별함을 우리는 가지고 있습니다.

저도 생각해 보니 좋은 부모님 사이에서 사랑받는 장남으로 태어나서 초등학교 때는 운동도 했었고요. 중학교 시절에는 게임을 참 좋아했습니다. 그리고 엄한 남자 고등학교를 다니면서 자유를 갈망하기도 했었습니다. 대학 시절에는 미팅도 많이 했었고요. 아버지의 영향으로 니체에 대한 책을 많이 읽은 것도 포함되겠네요. 이러한 '점(point)'들이 모여서 나름대로 독특한 저만의 '선(line)'이 되어 이렇게 글로 풀어내고 있는지도 모르겠습니다.

저뿐 아니라 누구나 그렇습니다. 그리고 이 점과 선은 인생을 살아가기 위한 나만의 생각이 됩니다. 이 생각이 반복되면 '신념'이 되고요. 이 '신념' 중 이로운 것은 세상을 밝힐 수 있는 나만의 '빛'이 되는 것이지요.

우리 모두 자신만의 빛이 있습니다. 별이 거대한 핵융합 반응으로 빛을 만들어 내듯이 우리도 우리 안에서 나의 것들을 열심히 태우다 보면 우리만의 빛을 낼 수 있습니다. 남들과 다른 밝기와 빛깔을 가진 별이 되어 빛날 수 있습니다.

글을 처음 쓸 때였습니다. 유명한 사람이 되고 싶었어요. 그래서 인플루언서들을 따라 했습니다. 글의 주제와 디자인까지도요. 하지만 그것은 제 것이 아니었습니다. 제 과거의 경험과 성격과는 맞지 않았습니다. 그래서 조금씩 변화를 주기 시작했습니다. 그러다 보니 자연스럽게 글과 디자인이 나만의 빛을 찾아가고 있었습니다.

따라 하는 것보다 변화를 주며 마음에 드는 것을 찾아가는 게 마음에 들었습니다. 그리고 재미있었습니다. 그래서 이 책을 쓰고 있는지도 모르겠습니다. 저와 같은 경험을 가지고 있으면서 아침마다 니체의 말을 필사하고 글을 쓴 사람은 없을 테니까요. 누군가를 따라 하며 시작한 글쓰기였지만 결국 제가 쓰고 싶은 글을 쓰다 보니 어디에도 없는 독창적인 제 책이 되었습니다. "오늘 당신의 삶에 대해 니체가 물었다"처럼 새로운 이름이 생겼습니다.

눈앞에 있는 것도, 내 안에 있는 것도 무언가를 지속

적으로 하다 보면 덩어리가 커지게 됩니다. 이렇듯 큰 덩어리가 되어 버리면 무언가 이름을 붙여 줄 수밖에 없습니다. 이렇게 이름을 지어 주는 순간 독창적인 나만의 것이 됩니다. 자신만의 빛을 만들게 됩니다.

그러니 내가 하고 싶은 걸 하세요. 내가 하고 싶은 것은 결국 '나의 일부'입니다. 이런 나의 일부를 모으다 보면 독창적인 자기 자신이 될 수 있습니다. 그리고 이 독창적인 것들이 모이고 사람들이 좋아해 준다면 우리도 TV 속의 그들처럼 될지 모릅니다.

이 세상에 없던 무언가를 만들며 좋은 영향을 주는 사람. 자신만의 빛으로 세상을 비추는 사람. 그게 우리가 되지 말라는 법은 없습니다. 우리도 그들처럼 독창적인 사람이니까요.

“

나만의 생각에
이름을 붙여 주는 순간,
생각은 껍데기를 깨고
나비가 된다.

그 순간이 생각이 현실이 되는
첫 날갯짓을 하는 순간이다.

멈추지 않고 꾸준히
날갯짓한다면 어느새 우리는
상상한 그곳에 도착해 있다.

그곳의 이름은 '자유'이다.

”

비판이라는 날카로운 바람이 불어 들어오지 않은 모든 제도, 예를 들어 학자 단체와 원로원에는 버섯처럼 죄가 없는 부패가 성장한다.[23]

– 프리드리히 니체, 『인간적인 너무나 인간적인』에서

비판을 두려워하지 말고

다른 사람들에게 비판, 비난받는 게 두려우신가요? 혹시 비판이 두려워서 하고 싶은 것을 못한 적이 있으신가요?

저는 많았습니다. 대학에 갈 때도, 사람을 만날 때에도, 결혼할 때도, 타인의 비판, 평판을 신경 쓰다 보니 나중에 후회가 되는 선택을 한 것 같기도 합니다. 물론 그 과정에서 배우는 것들도 많았겠지만요. 지금 생각하니 아쉬움이 남는 것은 어쩔 수 없습니다.

나한테는 썩 맘에 들지 않는데 남들이 들었을 때 좋아 보이는 것들이 있죠. 부모님이 "아들 잘 키웠네~"라고 이야기 들을 만한 대학에 가려고 했고 이 사람과 결혼하면

"장가 잘 갔네~"라는 이야기를 듣지 않을까라는 생각을 하기도 했던 것 같습니다. 주관이 없지는 않았지만 주관이 평판에게 진 셈이죠.

이렇게 다른 사람들이 나에 대해 내리는 평가는 참 인생을 살면서 무시하지 못할 요소 중 하나입니다. 인간은 사회적 동물이니까요. 더더욱 비판에 대해서는 쿨하게 넘기기 힘듭니다. 이 비판은 우리의 자의식에도 영향을 주어서 비판을 너무 받다 보면 자존감이 떨어지고 나를 사랑하기 어렵습니다. 내가 자기 자신에게 아무리 잘했다고 이야기해 줘도 그 한계가 있잖아요. 귀는 밖으로 나 있어서 다른 사람의 말이 더 잘 들리기 마련이니까요. 내 안에도 귀가 있었으면 참 좋을 텐데 말이죠.

간혹 비판에 힘들어하는 사람들이 극단적인 선택을 하는 것만 봐도 비판은 참 무서운 존재입니다. 비판이라는 부정적인 것을 흘려보내지 못하고 내 안에 가둬 두면 쌓이고 쌓여서 우리를 병들게 하는 것 같습니다. 병든 우리는 자주 아프고 조금만 노력해도 힘이 들고 효율이 떨어집니다. 아프니까요.

이런 비판을 니체는 '바람'이라고 이야기합니다.

'바람'이 어떤가요. 봄에는 살랑살랑 산들바람이, 여름에는 태풍을 동반한 강한 바람이 불죠. 때로는 남쪽에서, 때로는 북쪽에서 불면서 방향도 시시각각 바뀝니다. 우리가 언제 어디서든, 무엇 때문으로든 비판을 받을 수 있는 것처럼 이렇게 비판은 우리에게 불어옵니다. 이 비판을 그냥 지나가는 바람이라고 생각해 보세요. 그러면 마음이 조금은 편해집니다.

바람이 부는 날도 있고 불지 않는 고요한 날이 있는 것처럼, 같은 일을 해도 비판을 받을 때가 있고 받지 않을 때가 있습니다. 앞에서 불어오는 역풍이 있고 뒤에서 밀어주는 순풍이 있는 것처럼 이 비판이 우리를 힘들게 하기도, 우리를 도와줄 수도 있습니다. 비판의 목적은 잘못된 것을 지적하는 것만이 아니라 결국에는 '더 좋게 만들기 위한' 것이니까요. '지적'은 과정일 뿐이죠.

그러니 비판을 두려워하지 마세요. 결국 다 내가 잘되어 가는 과정입니다. 상처가 생겨도 통풍이 잘되어야 잘 아물고요. 가볍고 안 좋은 것들은 바람에 날아가고 중요하고 무거운 것만 남게 되는 것처럼 비판은 우리를 아물게 하고 정말 중요한 것을 알게 해 줄 테니까요.

비판이 없는 인생은 좋을까요? 아닙니다. 비판이 없는 인생은 자기밖에 모르거나 오만하거나 아무것도 도전하지 않는 인생일 수 있습니다. 귀를 열고 있지 않아서 비판이 들리지 않거나 평가받을 그 무언가를 시작하지 않아서 비판이 없는지도 모릅니다.

바람이 없는 날 가만히 서 있어 보세요. 아무런 바람이 느껴지지 않습니다. 하지만 조금씩 앞으로 달려 볼까요. 가만히 있던 공기가 바람이 되어 느껴집니다. 왜냐하면 내가 앞으로 달려 나가니까요. 달리기라는 나의 '작용'에 '반작용'으로 바람이 불게 됩니다. 앞으로 달리게 되면 자연스럽게 바람이 느껴지게 됩니다. 이렇게 앞으로 나아가기 위해서는 자연스레 비판이란 바람을 마주해야 하는 것이죠.

성공한 사람들은 비판을 잘 수용하고 이를 잘 이용해서 발전을 거둔 사람들입니다. 운동선수들은 매 경기를 뛰고 나면 자연스럽게 비판을 받습니다. 비판이 없는 경기는 거의 없습니다. 심지어 그 비판의 정도가 평점으로 나오죠. 이 비판의 점수를 받아 들고 그들은 비판의 원인과 본인의 부족함을 찾아냅니다. 그리고 다음 경기에서 이것을 보완하기 위해 노력합니다. 그러면서 성장합니다. 성장을 한다고 해도 비판은 멈추지 않아요. 하지만 그럼에도 불구하고 다가올 비판을 두려워하지 않습니다. 비판을 약으로 삼아 더 큰 성장을 이루죠.

습하고 푹푹 찌는데 바람 한 점 없는 여름날을 생각해 보세요. 너무나도 덥습니다. 공기는 탁하고 기분은 불쾌하죠. 눅눅하고, 환기는 안됩니다. 바람이 불지 않아서 어딘가 구석에 곰팡이가 생기게 됩니다. 마찬가지로 비판 없이 하루하루 산다면 곰팡이가 내 마음속에서 자라게 될지 모릅니다. 악취가 나겠죠. 좋은 향기를 품기 어렵습니다. 빛나기가 어렵습니다.

겨울에 부는 바람은 매섭습니다. 하지만 이 추운 겨울의 바람을 이겨 내고 맞이하는 따듯한 봄바람은 우리에게 새 생명의 아름다움을 선사합니다. 이렇게 비판이라는 거센 바람을 이겨 내면 이 바람은 벚꽃이 날리는 장관을 만들어 내는 바람이 되기도 합니다. 참 좋은 바람입니다. 그러니 비판을 두려워하지 마세요. 그 바람을 이겨 내면 더 빛나는 삶을 살 수 있습니다. 더 오래 빛날 수 있습니다.

“

비판이란 바람은 참 고통스럽다.

하지만 그 바람을 견디면
두 가지 감정이 남는다.

거센 바람에도 불구하고
날아가지 않았다는 자존감과
앞으로 불어올 바람에도
날아가지 않을 것이라는
자신감이다.

”

작은 일에도 최대한 기뻐하라. 주변의 모든 사람들이 덩달아 기뻐할 정도로 즐겁게 살아라.

기뻐하면 기분이 좋아지고 몸의 면역력도 강화된다. 마음을 어지럽히는 잡념을 잊을 수 있고, 타인에 대한 혐오감이나 증오심도 옅어진다.

부끄러워하거나 참지 말고 마음이 이끄는 대로 마치 어린아이들처럼 싱글벙글 웃어라.[24]

– 프리드리히 니체, 『차라투스트라는 이렇게 말했다』에서

아이처럼 기쁘게 사세요

박장대소하면서 기쁘게 웃은 게 언제인지 기억나시나요? 기억이 난다면 여러분은 자주 그리고 기쁘게 인생을 살고 계신 것 같습니다. 기쁨보다는 고통이 더 기억에 오래 남기 마련인데 기쁨을 기억하시니까요. 그래서인지 쇼펜하우어도 '우리의 인생은 결국 고통과 지루함을 오가는 움직임 사이에 있다.'라고 이야기하기도 했습니다. 즐거움이 있기 힘든 이 고통과 지루함 속에서 '기쁨'을 기억하고 산다는 것은 엄청난 능력이자 장점입니다.

하지만 이 엄청난 능력을 갖춘 사람은 많지 않습니다. 저 또한 그렇습니다. 기쁜 일이 없는 것은 아닌데 이를 기쁨이라고 여기지 못하는 경우가 많습니다. 그리고 기쁨을 잠깐 만끽하고는 다른 걱정들로 그 기쁨을 덮어 버리곤 합니다. 분명 기쁜 일이 있었는데 그 기쁨으로 인해 새로운 고통이 시작되는 순간이 오기도 합니다. 그래서인지 고통이 더 진하게 기억에 남습니다. 이렇게 기쁘게 사는 것은 말처럼 쉽지만은 않습니다.

기쁘게 사는 건 왜 어려울까요? 많은 사람들이 사막 위를 뚜벅뚜벅 걷는 낙타처럼 살기에 기쁘게 살기 어려운 것 같습니다. 기쁜 아이처럼 살지 못하고 항상 무거운 짐을 지고 걷고 있는 낙타처럼 살다 보니 기쁘게 살기가 어렵습니다.

눈을 뜨면 무거운 짐을 싣고 뜨거운 사막을 걸어야 하고, 우리가 먹는 음식은 짐을 지고 걷기 위한 에너지원 그 이상도 이하도 아니죠. 그리고 나의 걸음은 나를 위해서가 아닌 내 위에 올라타 있는 사람을 위한 노력입니다. 그래서 기쁠 수가 없습니다. 잠시 목을 축일 때, 짐을 내릴 때 정도만 육체적 쾌락을 느끼곤 합니다.

낙타처럼 살다 보니 참 기쁘지 못했습니다. 나를 위해 살지 못하고 타인과 직장만을 위해서 살았습니다. 내가 하고 싶은 것을 하지 못하고 타인이 하고 싶은 것, 조직이 원하는 것을 하며 살았습니다. 그게 행복이라고 착각하면서 말이죠. 그래서 기쁠 수가 없었습니다. 잠시 목을 축이는 것과 같이 연차를 쓸 때나 짐을 내리는 것처럼 큰 프로젝트가 끝날 때 정도가 잠깐의 기쁨이었습니다. 매일 땡볕에서 걷다가 하루 이틀 정도 쉬는 것이 유일한 기쁨이었던 삶이었죠.

더 이상 이렇게 살 수는 없습니다. 낙타처럼 살다가는 낙타처럼 죽을 테니까요. 더 이상 걷지 못하면 쓸모가 없어지는 낙타처럼 살다가 죽을 수는 없으니까요. 언젠가는 기쁜 인생을 살 것이란 희망을 갖고 평생을 걷지만 남는 것은 가치 없음이라는 더 큰 고통뿐일지도 모르니까요.

그래서 니체는 인간의 영혼의 단계를 낙타 - 사자 - 아이로 비유하여 설명한 것 같습니다. 자유롭지 못하고 슬픈 낙타보다는 항상 자유로우면서 해맑은 아이처럼 살라고 이야기합니다. 무엇보다도 아이는 기쁘게 인생을 사니까요. 아침에 일어나서도 재미있는 하루가 펼쳐질 것이 기쁘고, 달리기를 해도 기쁘고, 친구들과 노는 것도 기쁩니다. 아침에 일어나자마자 오늘 하루를 어떻게 살아 낼지에 대한 막막함, 억지로 살을 빼려고 하는 운동, 이제는 같이 놀기 힘든, 비교밖에 남지 않은 친구들을 가진 낙타 같은 삶과는 정반대의 삶입니다.

니체는 말합니다. 기뻐하면 기분이 좋아질 뿐 아니라 몸의 면역력도 강화된다고요. 잡념도 잊고, 혐오감이나 증오심도 엷어진다고요. 그러니, 기뻐하라고.

실제로 기쁨의 감정은 스트레스를 감소시키고 스트레스 호르몬인 코르티솔(cortisol)의 수치를 낮춘다고 합니다. 이 코르티솔이 과도하면 면역체계를 약화시키죠. 또한 긍정적인 감정은 신체의 신경계, 내분비계, 면역체계 간의 상호작용을 개선하고 감염에 대응하는 능력을 증진시킵니다. 또한 기뻐하면 활동적이고 식습관도 좋아지고 충분한 수면도 가능하죠. 정신적, 신체적으로 모두 도움이 되는 게 바로 '기쁨'인 것입니다.

또한 니체는 이렇게 이야기했습니다.

우리가 보다 기뻐할 줄 알게 된다면 다른 사람에게 고

통을 준다거나 다른 사람들을 고통스럽게 할 궁리를 어느 때보다도 하지 않게 될 것이다.[25]

기쁨은 나 자신의 정신, 신체뿐 아니라 다른 사람에게도 긍정적인 영향을 주게 됩니다. 나를 이롭게 하고 세상을 이롭게 하는 근원이 바로 기쁨인 것이죠.

그러니 기뻐해야 합니다. 기쁠 일이 없다면, 아이처럼 기뻐해야 할 이유를 찾아서라도 기뻐해야 합니다. 오늘 아침 눈을 뜬 것에 기뻐하고, 별 탈 없이 가족들과 하루를 보내는 것에도 기뻐하고, 운동을 할 수 있고, 친구를 만날 수 있고, 내 의지대로 하루를 살아갈 수 있음에 기뻐하세요. 그리고 내게 기쁨을 주는 것을 찾고 꾸준히 그것을 하세요. 생각보다 내가 기뻐하는 게 무엇인지 모르는 사람들이 많습니다. 남들이 기쁜 것처럼 보이는 일이 나의 기쁨이라고 착각하기 쉬운 세상이니까요. 그러니 일부러 찾아서라도 해야 합니다.

혹시 너무 힘들고 어두운 인생이어서 기쁘게 사는 게 어색하거나, 기뻐하는 법을 잊어버리셨다면 거울 앞으로

가 보는 건 어떨까요? 제가 정말 힘들 때 했던 방법입니다. 거울을 보고 입꼬리를 당기고 미소를 지어 보세요. 오랜만에 자세히 보는 내 얼굴, 그리고 생각보다 웃는 모습이 보기 좋다는 걸 느낄 수 있을 겁니다. 그리고 입 주변의 '기쁨 근육'을 써 버릇해야지 기쁜 일이 있을 때 정말로 기쁠 수 있습니다. 똑같은 일로도 더 기쁜 인생을 살 수 있습니다.

기쁘게 사셨으면 좋겠습니다. 기쁘게 사는 법을 잊었다면 연습을 해 보는 건 어떨까요? 마라톤 대회를 나가려면 달리기 연습을 해야 하는 것처럼요. 아무것도 저절로 잘되는 것은 없잖아요. 기쁨도 그럴 수 있습니다. 기쁘게 살지 않았던 사람들에게 기쁨은 하나의 도전일 테니까요.

이 기쁨에 도전해서 성공하는 것은 나의 몸과 마음을 건강하게 할 뿐 아니라, 이 세상을 더욱 아름답게 하겠죠.

“

기쁨이 밝은 미래를 만든다.

힘든 일에는 해결책을
알려 주고,
지금 기쁜 일보다 더 짙은
기쁨을 찾게 해 준다.

그러니 항상 기뻐하라.

”

●

죽는 것은 이미 정해진 일이기에 명랑하게 살아라. 언젠가는 끝날 것이기에 온 힘을 다해 맞서자.

시간은 한정되어 있기에 기회는 늘 지금이다. 울부짖는 일 따윈 오페라 가수에게나 맡겨라.[26]

– 프리드리히 니체,

『권력에의 의지Der Wille zur Macht』(1901)에서

후회하지 않으려면

'명랑'

참 오랜만에 이 단어를 만난 것 같습니다. 유쾌하고 활발하다는 뜻의 이 단어는 제게는 초등학생 시절 이후로는 어울리지 않는 단어였던 것 같습니다. 왠지 명랑한 것은 가벼워 보이기에 나이가 들수록 명랑하면 안 될 것 같았습니다. 그리고 K-장남은 명랑과는 거리가 멀어야 장남스러우니까요. 이렇게 나이가 들수록 명랑을 의도적으로 피하고 진지한 척을 하며 살아가곤 했습니다.

꾸역꾸역 억지로 사는 것보다는 야망을 품고 쟁취하면서 사는 게 낫고, 야망만 좇으며 사는 것보다는 명랑하게 즐기는 것이 가장 현명하게 인생을 사는 법이라고 니체는 이야기합니다.

등산을 할 때에도 시작부터 끝까지 산 정상만 바라보면서 꾸역꾸역 오르다 보면 정상에서는 기뻐할 힘이 남아 있지 않게 됩니다. 지쳐 버리게 되죠. 숨을 헐떡이면서 산에 올랐지만 산이 주는 즐거움을 100% 느끼지 못합니다. 산이 주는 즐거움은 정상에 올랐을 때만 있는 게 아니니까요. 산에 오르면서 경치 좋은 곳에서 자연을 감상하는 것, 산들산들 불어오는 바람을 느끼는 것 또한 산이 주는 즐거움이니까요. 이런 명랑함을 느끼며 산에 올라도 충분히 즐거운데 정상만 바라보며 쉬지 않고 오르다 보면 덜 즐겁고, 웃을 힘조차 남아 있지 않게 됩니다. 명랑한 등산이 되기 힘듭니다.

우리는 알고 있습니다. 우리의 시간은 한정되어 있다는 사실을. 하지만 이 한정된 시간을 어떻게 즐거움으로 채워야 할지는 잘 모르는 것 같습니다. 어떤 즐거움이 이 한정된 인생에서 추구해야 할 즐거움인지도, 그 즐거움을 추구하기 위해서 무엇을 어떻게 해야 하는지도 알기 어렵습니다. 다른 사람의 즐거움에서 얻는 대리만족 말고요.

'나만의' 인생에서 느끼는 즐거움은 더더욱 어렵습니다.

경치를 바라보지 않고 꾸역꾸역 산을 오르다가 정상에 올라서는 '이제 즐거움을 찾아볼까?' 생각이 드는데 그때는 힘이 남아 있지 않아요. 너무 열심히 오르다 보니 어떻게 즐기는 건지도, 어떤 걸 좋아하는지도 모르는 채 오르기만 했으니까요. 그래서 공허해집니다. 정상에는 올랐을지 몰라도 즐겁지 않은 것이죠. 그리고 후회하겠죠. '그때 명랑하게 즐겼어야 했는데….'

호스피스 전문가인 오츠 슈이치가 임종 전의 사람들을 보면서 쓴 『죽을 때 후회하는 스물다섯 가지』(황소연 옮김, 21세기북스, 2024)에서는 사람들이 죽기 전에 후회하는 일들을 소개합니다.

1. 사랑하는 사람에게 고맙다는 말을 많이 했더라면

2. 진짜 하고 싶은 일을 했더라면

3. 조금만 더 겸손했더라면

4. 친절을 베풀었더라면

5. 나쁜 짓을 하지 않았더라면

6. 꿈을 꾸고 그 꿈을 이루려고 노력했더라면

7. 감정에 휘둘리지 않았더라면

8. 만나고 싶은 사람을 만났더라면

9. 기억에 남는 연애를 했더라면

10. 죽도록 일만 하지 않았더라면

11. 가고 싶은 곳으로 여행을 떠났더라면

12. 내가 살아온 증거를 남겨 두었더라면

13. 삶과 죽음의 의미를 진지하게 생각했더라면

14. 고향을 찾아가 보았더라면

15. 맛있는 음식을 많이 맛보았더라면

16. 결혼을 했더라면

17. 자식이 있었더라면

18. 자식을 혼인시켰더라면

19. 유산을 미리 염두에 두었더라면

20. 내 장례식을 생각했더라면

21. 건강을 소중히 여겼더라면

22. 좀 더 일찍 담배를 끊었더라면

23. 건강할 때 마지막 의사를 밝혔더라면

24. 치료의 의미를 진지하게 생각했더라면

25. 신의 가르침을 알았더라면

스물다섯 가지를 찬찬히 읽어 보니 후회할 것들이 너무 많습니다.

조금은 나이가 들어서 준비해야 하는 것들도 있지만 대부분은 평소에 할 수 있는 것들입니다. 맛있는 것을 먹는 것, 연애를 하는 것, '고마워요'라고 말하는 것, 여행 그리고 취미 등등. 그냥 익숙지 않고 큰 재미를 느끼지 않았다는 이유로 소홀히 하던 것들입니다. 하지만 나중에는 이것들이 후회가 될 수 있다고 생각을 하니 걱정이 됩니다. 후회만 남기고 죽을 것 같아서요.

만나고 싶은 사람을 만나고, 고향에 자주 찾아가고, 여행을 가는 것. 명랑한 인생을 만들기 위해 의지만 가지고 시작만 하면 할 수 있는 것들임에도 불구하고 그냥 꾸역꾸역 사느라 뒷전에 미뤄 두고만 있던 것들입니다.

회사에서 주는 월급만 받고 내 목표는 갖지 못한 채로 사는 것. 나를 위해서가 아닌 누군가를 위해서 어쩔 수 없이 하루하루를 살아가는 건 아니었는지 반성하게 됩니다.

명랑하게 살기 위해, 후회 없는 삶을 위해 의식적으로 노력을 해야 합니다. 살던 대로 살아지는 게 가장 쉬운 인생이잖아요. 그래서 의식적인 노력이 필요합니다. 꿈을 실현하기 위해 일부러 노력하고, 맛있는 것을 찾아서 먹고, 조그만 악행도 하지 말고, 시간을 내어 여행과 취미생활을 하고, 만나고 싶은 사람을 만나야겠습니다.

그리고 하고 싶은 것을 해야겠습니다. 하고 싶은 것을 하는 것. 참 쉬워 보이고 당연한 말인 것 같습니다만 참 어려워요. 어려서부터 '하고 싶은 거 어떻게 다 하고 사냐?'라는 말을 들어서 그런지 몰라도 하고 싶은 것을 하고 산다는 것에 대한 약간의 죄책감이 있습니다.

그런데 그 시절의 '하고 싶은 것'과 성인이 된 지금의 '하고 싶은 것'은 다릅니다. 그 시절의 하고 싶은 것은 무지에서 오는 '모방'이었던 경우가 많죠. 하지만 성인이 되고 나를 알아 가면서 생기는 하고 싶은 것은 '자기성찰'에 가깝습니다. 진정한 내 모습을 찾기 위해서 무언가 행동을 통해 '나'를 만들어 가는 행위인 것이죠. 그리고 이러한 행위가 후회 없는 인생을 만드는 것이고요. 순간의 쾌락에 의한 '하고 싶은 것' 말고 내 인생을 채우기 위한 '하고 싶은 것'으로 바꾸면 죄책감은 사라집니다.

죽는 날까지 꽤나 남았겠지만 지금 생각해 보아도 과거에 하고 싶은 것을 하지 않은 것이 후회가 되는 것들이 많습니다.

'그때 공부를 조금 더 해볼걸…. 그때 그 사람에게 더 잘해 줄걸, 그때 고민만 하지 말고 해볼걸….'

지난 몇 년, 제 인생은 꽤나 명랑하지 못했습니다. 입이 커서 웃는 모습이 보기 좋다고들 했었는데 표정이 자주 어둡다 보니 사람들이 "무슨 일 있어?"라고 물어보곤 했습니다.

딱히 큰 탈출구는 보이지 않았습니다. '그냥 버티며 사는 게 내 인생이구나'라는 생각을 하면서 살았습니다. 아직도 100% 후회 없는 삶을 살고 있지는 않습니다. 그런데 글을 쓰고 새벽에 일어나서 온전한 내 시간을 만들고, 눈치 보지 않고 내가 하고 싶은 것을 하다 보니까 조금씩 '명랑함'을 찾아가고 있는 것 같습니다.

맛있는 것도 먹고, 여행도 하고, 취미 생활도 하면서, 내가 하고 싶은 것들을 더욱 과감히 즐기다 보면 더 명랑하고 즐기는 삶을 살 수 있을 거라 생각합니다. 그러면 죽기 전에 후회하는 리스트가 몇 개는 줄어들 수 있겠죠. 그날이 오면 덜 후회하며 행복하게 눈감을 수 있겠죠.

우리보다 먼저 죽음을 맞이한 사람들이 이렇게 살면 후회한다고 스물다섯 가지나 이야기해 줬습니다. 후회하지 않는 인생을 사는 답을 알려 줬어요. 답을 알려 줬는데도 틀리는 건… 참 안타까운 일이죠.

시간은 한정되어 있기에 기회는 늘 지금입니다. '나중에, 나중에…'는 습관입니다. 행복을 미루다 보니 지금 이 정도의 행복으로만 살고 있는 거니까요. 지금 당장 재미있고 명랑한 인생을 살기 위해 즐거운 일을 시작하고 그 과정에서 웃음과 행복을 느끼는 하루하루가 되었으면 좋겠습니다.

울부짖는 건 오페라 가수들이 해야 감동스러운 법이니까요. 우리는 웃을 때 제일 예쁘니까요.

“

나중으로 미뤄야 할 것은
분노와 복수이다.

미루지 않으면 어느새 감정의
벼랑 끝에 서 있게 될 것이다.

절대 미루지 말아야 할 것은
웃음과 명랑 그리고 활기이다.

이는 우리를 기쁨의
정상으로 데려다줄 것이다.

”

가장 양심적인 사람조차도 "이런저런 일은 네가 속한 사회의 미풍양속에 어긋난다"라는 느낌 앞에서는 양심이 약해진다.

같은 집단에 속한 주변 사람들이 차가운 눈길을 보내고, 입을 일그러뜨리면 가장 강한 사람도 두려워한다. 도대체 무엇을 두려워하는 것일까?

고립이다! 고립이라는 논거는 사람과 사물에 대한 최상의 논거도 때려눕힌다! 우리들 안에 있는 무리의 본능은 그렇게 이야기한다.[27]

– 프리드리히 니체, 『즐거운 학문』에서

대세를 따르지 말고,

대세 따르는 걸 좋아하시나요?

네, 저는 좋아합니다. 식당에 갈 때도, 물건을 살 때도, 일단 대세를 따르면 적어도 실패는 없으니까요. 줄 서서 먹는 맛집과 별 5개짜리 후기 제품은 적어도 '최악'은 아닐 거란 희망이 있잖아요. 혹여나 마음에 들지 않아도 많은 사람들이 좋아하는 것이기에 '만족스러울 거란 착각'이 대리만족을 주기도 합니다. 다들 좋아하는데 나만 좋아하지 않는다는 것은 나에게 무언가 문제가 있어 보이니까요.

이렇게 대세는 전염성이 있습니다. 좋아 보인다는 착각 속에서 자신도 좋아하는 느낌이 듭니다. 그런데 곰곰이 생각해 보면 느끼게 되죠. 대세가 나에게 항상 맞지는 않다는 것을, 나에게 꼭 맞지 않음에도 불구하고 좋다고 착각하며 사는 것일지도 모른다는 것을.

대세에 대한 만족은 우리를 이상하지 않은 사람으로 만들어 주는 것 같습니다. 크게 모나지 않은 사람, 특이하지 않은 사람이라는 생각이 들게 하죠. 적어도 내가 '종특'은 아니라는 반증이 되기도 합니다. '종특', 처음에는 종족별 특성이라는 뜻으로 게임에서 쓰던 말인데요. 다소 특이한 생각과 사고방식을 가지고 있는 사람을 뜻하는 신조어입니다.

인생을 쉽고 안락하게만 보내고 싶지 않으면 군중 속에 섞여 있지 말고 소위 '종특'이 되어야 한다고 니체는 이야기합니다. 대세만 따르다 보면 쉽고 안락하기만 한 인생이 된다고 합니다. 물론 쉽고 안락한 인생, 좋아 보일 수도 있습니다. 하지만 조금 살아 보면 알게 되죠. 인생이 안락할 수만은 없다는 것을. 어쩌면 고통으로 가득 찬 것이 인생일지도 모른다는 것을…. 이런 인생을 쉽고 안락하게만 살 수 있을까요? 어렵습니다. 절대 인생은 쉽지 않으니까요. 안락은 무지에서 오는 착각일 수 있습니다. 그런데 군중 속에서 대세를 따르며 살다 보면 안락하게 살 수 있습니다. 착각하며 살 수 있습니다.

대세는 맛집이나 쇼핑할 때만 있지 않습니다. 인생을 살아가면서 겪는 고통에도 대세가 있어요. 평범한 대한민국 가정에서 태어나 정규 교육을 받고 이 사회에서 살아가다 보면 누구나 겪는 고통이 있죠. 암기 위주의 학교 교육, 취업과는 크게 상관없어 보이는 대학 교육, 학자금 대출을 안고 이 사회에 나오게 되는 현실. 열심히 갚았더니 이제 결혼을 해야 한다고 하는데, 결혼해도 내 집 한 켠 구하기 어려운 사회, 은행을 먹여 살리며 열심히 일만 하다가 결국 '내 인생'은 사라지고 다른 누군가를 위해서만 평생 살게 되는… 대한민국의 대세로운 '군중'들이 겪는 일반적인 고통이 아닐까 생각합니다.

이 고통들을 그냥 그러려니 생각하고 살다 보면 고통을 느끼지 못하게 될지도 모릅니다. 다들 그렇게 사니까 이렇게 힘든 것도 '평범함'이겠지, 라면서 착각을 하는 거죠. 그래서 이 고통을 해결하려는 노력을 하지 않게 됩니다. 왜냐하면 이 고통스러운 삶이 표준이 되니까요. 평범한 사람이기에 평범한 고통 속에서 사는 건 지극히 정상이니까요.

쉽게, 안락하게 보내는 것 같지만 결국 평범한 고통 속에서 오랫동안 머무르며 살게 될지도 모릅니다. 그러면 이 일반적인 고통을 줄이기 위해서 어떻게 하는 게 좋을까요? 나름대로의 '종특'이 되어야 합니다. 나의 현실의 고통을 느끼고 남들과는 다른 방법으로 무리 속에서 나와 해결하고자 해야 합니다.

그런데 이는 쉽지 않습니다. 우리는 어렸을 때부터 '평범함'에 너무나도 익숙해져 있어요. 그래서 남들과 다른 선택을 내리는 것에 거부감을 느낍니다. 남들이 가지 않은 길, 남들과 다른 길을 선택하는 것에는 용기가 필요한데 용기가 없습니다. 이 용기를 갖기 위해서는 자신만의 뚜렷한 주관이 있어야 하고, 이 주관은 하루아침에 생기지 않으니까요. 부단한 자기 성찰과 노력이 필요한데 대세만 따르다 보면 쉽지 않으니까요.

그렇다면 어떻게 해야 할까요? 우선 자기 자신을 믿어야 합니다. 이 말이 참 쉬워 보이지만 자신을 믿지 못하는 사람들이 많습니다. 믿기는커녕 내가 무엇을 먹고 싶은지도, 무엇을 하고 싶은지도 모르는 사람들이 많습니다. 나를 일단 알아야 믿기라도 할 텐데 내가 무엇을 좋아하는지도 모르는 사람이 많죠. 인생의 중요한 결정들도 누군가 정해 줬으면 좋겠다고 생각하는 사람들이 많거든요. 주체성을 잃어버린 것이죠. 대세만 따르다 보니까요. 이렇게 나를 모르기에 믿지도 못하는 사람들이 너무나도 많습니다.

자기 자신을 믿기 위해서는 우선 나에 대해서 알아야 합니다. 누군지도 모르는데 믿을 수는 없는 노릇이니까요. 꾸준히 자기 자신에게 질문을 던지세요.

'지금 나의 고통은 무엇인가?'
'내가 정말 좋아하는 것은 무엇인가?'
'내가 가장 중요하게 생각하는 가치는 무엇인가?'
'내가 남들보다 잘할 수 있는 것은 무엇인가?'
'그렇다면 나는 무슨 노력을 해야 할 것인가?'

쉽지는 않을 겁니다. 하지만 무슨 말이라도 적어 보

세요. 조금은 추상적인 날것 같아 보일지 몰라도 지금으로서는 그게 바로 '나'이니까요. 그리고 그 날것을 뾰족하게 구체화시키며 인생을 살아야 합니다. 내가 적은 대로 나답게 인생을 사는 것이죠. 어렵지 않을 것 같지만 쉽지도 않습니다. 왜냐하면 수십 년 동안 나를 붙잡아 온, 대세를 따르던 군중심리 때문이죠. 다들 평범하고 일반적으로 사는 것 같은데 나만 특별하게 사는 게 쉽지는 않으니까요. 하지만 계속 기억해야 합니다. 남들을 따라만 살다 보면 남들처럼 평범한 고통 속에서 오래도록 살아야 한다는 것을 말이죠.

나를 믿는 것도 습관입니다. 나를 못 믿어 버릇하면 영원히 못 믿게 됩니다. 그러니 조금은 이상하다고 생각돼도 나를 믿고 나아가세요. 꾸준히.

남들이 모두 가는 길에는 똑같은 결과만이 있을 뿐입니다. 나만의 길을 걸어가세요. 조금 힘들더라도 외롭더라도 포기하지 말고요. 그 길 끝에는 나만의 명소가 우리를 기다리고 있을지도 모릅니다. 흔들바위처럼 사람들이 너무 많아서 사진 한 장 찍기 어려운 그렇고 그런 명소 말고요. 사람들은 잘 모르지만 흔들바위가 기가 막히게 보이고 사진이 잘 나오는 그런 지점이 있기 마련이죠. 나중에 사진첩을 보았을 때 사람들 틈바구니에서 정신없는 사진보다는 나만의 명소에서 찍은 여유로운 사진이 더 멋져 보일 테니까요. 그런 곳에서 남은 인생을 살아간다면 더 나답게, 재미있게 보낼 수 있을 테니까요. 언제까지 수많은 사람들이 부대끼는 그곳에서 숨 막히게 살 수만은 없으니까요.

"

남들과 다른 것은
이상한 것이 아니다.
지극히 정상적인 것이다.

다르다고 느꼈다는 것은
자신에 대해

열심히 탐구했고,
더욱 사랑했으며,
더 용기가 있었다는
반증이다.

”

우리가 우리의 이웃에 관해 판단하는 방식과 그들의 가치 평가를 옳다고 생각할 필요가 있다고 여기는 점에서, 대부분의 경우 우리는 어렸을 적에 익힌 판단들에 의해 일생 동안 놀아나는 어릿광대들이다.[28]

– 프리드리히 니체, 『아침놀』에서

이제 내 이야기를 하세요

사람과 사람이 가장 빨리 친해지는 방법이 무엇일까요? 여러 경우가 있겠지만 누군가와 다른 사람 뒷담화를 할 때 아닐까요.

특히 회사에서 그런 것 같아요. 그 재미없고 가기 싫은 회식 자리도 재미있어지는 순간이 있습니다. 상사들이 먼저 집에 가거나 동료들끼리 2차를 가게 되면 재미있기 시작하죠. 특히 '공공의 적'에 대한 뒷담화를 하다 보면 더 신나곤 합니다. 나와 같은 사람을 싫어한다는 느낌과 이를 공유하는 건 한배를 탄 듯한 동질감을 주니까요. '나만 그렇게 생각하는 게 아니었군', '내가 이상한 사람이 아니었어'와 같은 감정이 생기며 마음이 편해집니다. 이 편해진 마음이 만든 공감대는 꽤나 끈끈해 보입니다. 마치 한일전 축구 경기를 할 때 우리나라 국민들처럼 말이죠. 하나 되어 싸우는 느낌이 듭니다.

이렇게 남을 판단하고 평가하면서 서로 그 사람에 대한 소문과 이야기를 하는 것은 인간의 본능일지도 모르겠습니다. 다른 사람을 끌어내리다 보면 가만히 있는 자신이 상대적으로 올라가게 되는 느낌이 드니까요. 이렇게 같이 뒷담화를 하다 보면 나는 괜찮은 사람인 것 같고 평생 함께할 친구도 생기는 것 같은 느낌이 듭니다.

하지만 두 사람 이상이 같이 누군가를 '칭찬'하면서 급속도로 친해지는 경우는 흔치 않습니다. 다른 사람을 공개적으로 칭찬하기가 쉽지 않고요. 칭찬은 일회성으로 끝나기가 쉽습니다. 계속 남의 칭찬을 하다 보면 내가 작아지는 느낌이 드니까요. 그래서 같이 칭찬을 하며 친해지기는 어렵습니다. 심지어 칭찬보다 더 높은 수준의 '사랑'을 같이 하게 되면 친해지기는커녕 연적이 될지도 모르죠.

험담은 그냥 험담으로만 남지 않습니다. 발 없는 말이 천 리를 간다고, 더 멀리 더 크게 가곤 합니다. "개가 그랬대.", "나는 이런 이야기도 들었는데?", "와, 정말 뻔뻔한 친구네.", "그리고 이런 일도 있었대.", "와, 뻔뻔하기만 한 게 아니라 소심하기도 하구나?" 꼬리에 꼬리를 물고 가죠. 꼬리가 더 큰 꼬리를 물고 가기도 합니다. 그러면 그럴수록 나는 잘 살고 있는 것 같다는 생각이 듭니다. 나는 다른 사람을 험담할 정도의 인격을 가지고 바르게 살고 있으니까요. 욕먹을 일이 없다는 착각이 듭니다. 네, 말 그대로 착각이죠. 사실 우리도 누군가에게 험담의 대상이 되지 말란 법은 없으니까요.

결국 내가 그보다 낫다고 착각하기 위해 우리는 남에 대한 판단과 평가 그리고 소문을 너무 쉽게 나누는 것 같습니다. 그렇게 하면 순간적으로 기분이 좋아지니까요. 그렇게 해야 가만히 있어도 내가 우월한 느낌을 가질 수 있으니까요.

그런데 이렇게 비교와 판단의 대상을 외부로 돌리거나 남을 깎아내리며 나 자신의 상대적 높음을 인정하다 보면 정작 나 자신에 대해서는 소홀해지게 됩니다. 나는 가만히 있게 되고 내 주변에 대한 '평가'로만 내 위치가 정해지니까요. 'A는 성격이 나보다 좋지 않아. B는 나보다 못생겼어. C는 나보다 돈이 없어. 결국 내가 이 세상에서 최고야.' 이렇게 생각하다 보면 아무런 발전이 없는 거죠. 가만히 있어도 남들보다 더 나은 사람이라고 생각하니까요. 나를 위해 살지 못하고 발전 없는 인생을 살게 됩니다. 아무것도 남지 않게 되겠죠.

빛나는 인생을 위해서 평가하고 판단하는 대상을 남이 아닌, 나 자신으로 돌려 보는 건 어떨까요? 최대한 객관화해서 말이죠.

회사에서의 저를 한번 평가해 볼까요. 엄청 열정적으로 일을 하지는 않는 것 같습니다. 업무도 발전시키기보다는 현상 유지 수준으로 일을 하는 것 같습니다. 그리고 퇴근 후에는 개인 시간 확보를 위해서 회식 자리에 가는 것도 좋아하지 않고, 상사들에게 엄청 깍듯이 잘하지도 않는 것 같습니다. 이외에도 더 있지만 하여튼 저는 누군가에게 뒷담화거리가 될 만한 특징들을 많이 가진 것 같습니다.

이렇게 여러분의 단점을 생각해 보신 적이 있나요? 단점이 없는 것 같다고요? 아마도 아닐 겁니다. 누구에게

나 단점은 있기 마련입니다. 그리고 이를 아는지 모르는지에 따라서 미래의 모습은 큰 차이가 나곤 합니다.

'그 사람은 이렇다 저렇다'라는 생각보다는 '나는 이렇다 저렇다'라는 생각을 하며 살아야 합니다. 다른 사람이 어떻든 결국 나에게는 큰 영향이 없어요. 그 사람은 그 사람이고 나는 나일 뿐이니까요. 그 사람이 욕먹는다고 해서 내가 잘되는 것도 아니니까요. 다른 사람이 실수를 해서 내가 1등을 하는 것보다는 나의 노력으로 1등을 하는 게 더 마음 편하니까요. 그리고 언제까지 남들의 실수만 바라며 살 수는 없으니까요. 결국 내가 나를 빛내야 하니까요.

나의 만족을 위해 다른 사람을 험담하는 것을 멀리해야 합니다. 다른 사람을 통해 얻어야 하는 건 그 사람의 장점으로 충분합니다. 좋은 점을 찾아서 어떻게 하면 나도 그렇게 할 수 있을 것인지 생각해 보고 배울 것은 배워야 합니다. 그러면 자연스럽게 나도 발전하고, 상대방을 존경하는 마음으로 인간성도 좋아질 수 있습니다. 개인적으로나 사회적으로 성장할 수 있습니다.

상대적으로 좋은 사람이 아닌 절대적으로 좋은 사람

이 되세요. 다른 사람 험담을 하지 말고, 나를 뒤돌아 보고, 단점을 고쳐 나가세요. 모든 관심을 나로 돌릴 때 진정한 나의 발전이 생길 수 있습니다. 좋은 인간성을 갖출 수 있습니다. 더 빛날 수 있습니다.

상대적 밝기는 절대적 밝기를 이길 수 없으니까요.

“

나의 말은 곧 내 세상이 된다.

나의 말이 타인으로 가득
차 있다면 내 인생은 타인을
위한 인생이 될 것이다.

하지만 우리는 알고 있다.
내 인생의 주인공은
나라는 것을.
내 세상은 온전히 나로
채워져야 한다는 것을.

”

4장

더 밝게 빛나기 위해서

●

최대의 오만은 무엇인가? 사랑받고자 하는 욕구다. 거기에는 자신은 사랑받을 가치가 있다는 주장이 강하게 내재되어 있다.

그런 사람은 자신을 다른 사람보다 높은 곳에 있는 특별한 존재라 생각한다. 자신만은 특별히 평가될 자격이 충분히 있다고 믿는 차별주의자다.[29]

– 프리드리히 니체, 『인간적인 너무나 인간적인』에서

사랑받기를 기대하지 마세요

회사 생활을 하다 보면 겸손하고 욕심이 없어 보이는 동료들이 있습니다. 승진이나 인정에 대한 욕구보다는 그냥 착한 느낌의 사람들이 있어요. 그런데 그들과 조금 진지한 이야기를 나누다 보면 사실 마음속에는 야망이 있다는 것을 알 수 있습니다. 인정받고 싶고, 성공하고 싶고, 사랑받고 싶은 욕망 말이죠. 이런 감정은 정도의 차이가 있겠지만 누구에게나 있는 것 같아요. 겸손과 야망이 상반된 이미지처럼 보이지만 겸손하다고 해서 야망이 없으란 법은 없으니까요. 겸손은 단지 겉으로 보이는 삶의 태도일 뿐이니까요. 물론 저도 그렇습니다. 그 누구보다도 인정받고 싶고, 사랑받고 싶었습니다. 하지만 쉽지 않았습니다.

내 마음대로 되는 게 아니더라고요. 인정을 '하고' 사랑을 '하는' 것의 주체는 제가 아니니까요. 타인이 하는 것이기 때문이니까요. 인정은 타인이 만들어 주는 것이니까요.

니체는 이야기합니다. 사랑받고자 하는 욕구는 최대의 오만이라고…. 왜 사랑받고자 하는 욕구가 최대의 오만일까요.

무턱대고 사랑을 받고자 하는 욕구는 아무런 근거 없이 자신은 특별하다는 뜻을 내포하고 있습니다. 물론 우리는 모두 특별하죠. 하지만 이 '무턱대고'는 '근거 없음'을 만들어 내곤 합니다. 아무런 노력도 하지 않고 사랑받는 것은 쉽지 않으니까요.

또한 사랑을 조금 받다 보면 사랑을 받는 데 익숙해지게 됩니다. 여기에 익숙해지다 보면 사랑을 받고 싶기만 한 이기적인 마음이 자연스레 생기게 됩니다. 사랑받는 건 너무나도 중독성이 강하니까요. 술보다도 더, 한번 빠지게 되면 깊이 빠지곤 하니까요. 그래서 사랑은 술보다도 무섭습니다. 술은 마시다 보면 잠이 들거나 체력이 떨어져서 더 마시지 못하게 되는데 사랑은 잠도, 체력과도 상관이 없죠. 무한히 원하게 될 수 있습니다. 이 중독성으로 인해 '사랑받는 것'만 갈구하고 집착하는 이기적인 사람이 될지도 모릅니다.

하지만 사랑은 일방통행이 아니죠. 사랑은 양방 통행입니다. 사랑과 인정을 받는 데만 익숙한 사람과 지내는 건 꽤나 힘듭니다. 사랑을 주면 줄수록 그 사람은 그 사랑이 당연하다고 생각하니까요. 그러다 보면 오만해지게 됩니다. 마치 항상 술에 취해 있는 것처럼요. 술에 취한 사람과 대화를 오래 하기는 쉽지 않죠. 그래서인지 그런 사람과 오래도록 지내는 것은 쉽지 않습니다. 물론 받는 데 익숙한 그 사람도 사랑을 주었을지도 모릅니다. 하지만 그 사랑은 방식과 주파수가 다를지도 모릅니다. 만취한 사람은 얼마나 마셨는지, 누구와 마셨는지 기억하기 어려운 법이니까요.

사랑받는 것을 기대하지 않고 살더라도 사랑받기에 만취해 있는 상대를 오래도록 사랑하기는 어렵습니다. 힘들어집니다. 그리고 결단을 내릴지도 모르죠. 그렇게 하나둘 만취한 사람 주변을 떠나가 버릴지도 모릅니다. 남는 것은 외로움뿐이겠죠.

흔히 자기 자신을 사랑하라고 이야기합니다. 네, 맞습니다. 자기 자신을 사랑하는 마음은 중요합니다. 하지만 다른 사람에게 사랑받고 싶고, 다른 사람이 나를 사랑하는 게 당연하다고 느끼는 건 정말 위험합니다. 사랑은 당위성이 아니라 상호작용이니까요.

사랑은 주고받는 것입니다. 부부라서, 연인이라서, 핏줄로 맺어진 관계라서 '당연히' 사랑받는 것은 없습니다. 그리고 사랑에는 누가 먼저랄 것도 없습니다. 꼭 사랑을 받아야만 사랑을 할 수 있는 것도 당연히 아니지요. 사랑은 서로를 향해 달려가는 것이니까요. 사람과 사람 그 사이 어딘가에서 만나 지금보다 더 행복하기 위한 노력이니까요. 지금 내가 있는 곳 보다 그곳이 더 좋을 것이라 기대하기에 하는 것이니까요.

상대방이 나에게 다가오기만을 기다리며 살다가는 영원히 그 누구와도 이어지지 못할지 모릅니다. 평생 외딴섬처럼 살아갈지도 모르죠. 외딴섬에서의 생활은 그럴싸해 보일지도 모르지만 결국은 외로운 법입니다.

오만하기보다는 겸손하게 살아야겠습니다. 사랑을 받기를 기대하기보다는 먼저 주기 위해 살아야겠습니다. 결국 내가 외롭지 않기 위해서 말이죠. 오만이란 건 겉치레의 위선에 불과한 것이니까요. 우리 인생이 껍데기로만 가득 찰 수는 없으니까요.

껍데기가 아닌 우리의 아름다운 빛으로 이 세상을 비추고 살아야 하니까요.

“

사랑은 일방통행이 아니라
순서 없는 양방 통행이다.

그저 서로를 향해 달려가고,
어느 지점에서 만나는 것이다.

보통은 중간 어디쯤,
가끔은 조금 멀리서,
때로는 가까이서….

그곳이 어디든
각자의 움직임을 통해
만나는 것이다.

”

도대체 사랑이란 다른 사람이 우리와는 다른 방법으로 그리고 정반대의 방법으로 살고 행하고 느낀다는 것을 이해하고 그것을 기뻐하는 것이 아니고 무엇이란 말인가?

기쁨을 통해 대립 관계를 극복하기 위해서 사랑은 이 대립을 지양하거나 부정해서는 안 된다. 자기애조차도 한 인격 속에 서로 혼합될 수 없는 이원성을 포함하고 있다.[30]

– 프리드리히 니체, 『인간적인 너무나 인간적인』에서

아무리 싫은 사람이라도…

몇몇 기혼자들은 가끔 풀리지 않는 미스터리 때문에 고민하게 됩니다.

'어떻게 우리는 이렇게 하나부터 열까지 다를까?'
'내가 어떻게 저런 사람이랑 결혼을 했지?'
'뭐에 홀렸었나?'

평소에는 그럭저럭 괜찮다가도 주기적으로 이 질문들이 훅훅 치고 들어옵니다. 이 고민 때문에 힘들어하다가도 마음을 다잡죠(다잡아야 하죠).

'그래… 그래도 어쩌겠냐. 살아야지!'라고 생각하면

서요.

이 미스터리의 본질은 무엇일까요? 바로 '차이'가 아닐까요? 젊었을 때는 나와는 다른 그 사람의 모습이 매력이었는데 시간이 지나고 보니 그 차이가 갈등이 되는 것이죠.

이렇게 차이는 매력이 되어 우리를 같이 살게 하기도 하지만, 갈등이 되어 다스려야 할 존재가 되기도 합니다. 그래서인지 이 둘의 차이가 궁금합니다. 어떻게 같은 것이 매력이 되기도 하고 갈등이 되기도 할까요? 좋았던 것이 싫어지게 되는 무언가 변화가 있었겠죠. 그 사람이 변한 걸까요? 아니요. 그 사람은 크게 변하지 않았습니다. 외모만 조금 달라졌을 뿐입니다. 사람은 잘 변하지 않으니까요.

가장 많이 변한 건 '내 마음'입니다.

젊은 시절 우리의 사랑과 결혼에는 열정, 사회적 통념, 결혼 적령기, 호기심 등 다양한 것들이 영향을 주게 됩니다. 이것들이 나와는 다른 그 사람과의 차이를 극복하기 위한 '기쁨의 다리'를 과감하게 놓고 건너게 하곤 합니다.

그런데 시간이 지나다 보면 그 기쁨의 다리에 조금씩 균열이 가기 시작합니다. 멀리 있는 너무 다른 그 사람에게 계속 건너가려다 보면 힘이 들잖아요. 그래서 차이를 건너는 길을 꺼리게 됩니다. 건너려다가 포기하거나 잘 건너가지 않게 되죠. 한두 번 건너가지 않다 보니 막상 가려니 멀게만 느껴집니다. 그래서 많은 사람들이 미스터리에 빠지게 되는 거죠. '이렇게 다른데 우리가 어떻게 결혼을 했지?'

하지만 우리는 모두 다릅니다. 나와 같은 사람은 아무도 없어요. 심지어 부모, 형제, 자식과도 모두 다르니까요. 하지만 이런 다름에도 불구하고 우리가 계속 가족들을 사랑하는 건 기쁨의 다리를 놓고, 건너려는 노력을 지속하기 때문 아닐까요. 아무리 멀어도 내가 가려고만 한다면 우리는 어디든 갈 수 있으니까요.

매일 오가는 출퇴근길에도 예상치 못한 장애물이 생깁니다. 끼어들기 차량이나 사고로 인한 정체, 지하철 파업 등등. 이렇게 어느 길이든 장애물이 있습니다. 하지만 우리는 결국 이 장애물들을 넘고 출퇴근을 하죠. 차이를 건너기 위한 사랑의 다리에도 장애물이 있습니다. 미움, 의심, 두려움, 분노, 외로움 등. 이 장애물에 가로막힐 때마다 극복하기 위한 노력을 해야 하는데 포기하고 맙니다. 출근길이 막힌다고 집으로 돌아가지 않잖아요. 이와 마찬가지로 사랑의 다리도 건너가야 합니다. 하지만 사랑의 다리는 내가 넘지 않아도 상대방이 넘어와 줄 거란 기대를 하곤 합니다. 그래서 기다리기만 하는지도 모르겠습니다. 그런데 그렇게 기다리기만 하면 죽을 때까지 기다리기만 할 것입니다. 니체가 이야기한 것처럼요.

> **그러다가는 끝내 기다리는 인생을 살 것이다. 지금 우리가 해야 할 일은 다시 한번 최선을 다해 새로운 인생을 사는 것이다.**[31]

서로가 장애물을 넘어서 다리를 건너고자 하는 노력. 서로의 노력이 있을 때 우리는 이 '다름의 다리'를 건너고, 건널 수 있고, 오래도록 사랑할 수 있습니다. 기다리지 마세요. 먼저 건너세요. 사랑의 길에 일방통행은 없으니까요. 일단 길이 있다는 것은 양방향에서 모두 오갈 수 있다는 뜻이니까요.

사랑하는 사람과 다리를 놓고 서로 그 다리를 건너는 하루하루가 되었으면 좋겠습니다. 자신과는 다른 사람에게 기쁨의 다리를 놓는 것이 사랑이니까요. 그 다리를 놓고 결국 만난다면 다리가 없던 것보다 행복할 테니까요.

“

사랑이 위대한 이유는
그렇게 다름에도 불구하고
결국 극복해 내기 때문이다.

이 극복을 통해
우리는 새로운 나를 발견하고
새로운 빛을 만들어 간다.

그리고 그 빛은
사랑하기 전보다 훨씬 밝고
아름답다.

”

●

하루하루를 잘 시작할 수 있는 가장 좋은 수단은 눈을 뜨면 그날 적어도 한 사람에게 한 가지 즐거움을 줄 수 있을 것인가에 대하여 생각하는 일이다.[32]

– 프리드리히 니체, 『인간적인 너무나 인간적인』에서

같이 행복하면 3차원 행복이니까요

아침을 기분 좋게 시작하기 위한 자신만의 방법이 있으신가요? 하루를 기분 좋게 시작하고 싶지만 전날 야근, 회식 때문에 몸은 천근만근입니다. 이런 몸을 일으켜서 씻기고, 옷을 입혀서 출근하거나, 등교시키는 데만 급급하지는 않으신가요? 저는 꽤나 오랫동안 그런 아침을 보냈던 것 같습니다. 회식이 없는 날에는 혼자 맥주를 홀짝 하면서 아침을 힘겹게 만들곤 했습니다. 아침을 기분 좋게 시작한다는 개념조차 갖지 않았습니다. 아침은 기분이 좋아야 할 대상이 아니라, 그냥 출근하는 시간에 불과했으니까요.

하지만 우연한 계기로 아침에 일찍 일어나고, 나만의 시간을 갖기 시작하면서 많은 변화가 있었습니다. 아침에 나만의 시간을 가지고, 이 시간을 좋은 글과 작은 성취감으로 채우다 보니 전보다 기분 좋게 하루를 시작할 수 있는 것 같습니다.

성공하는 사람들의 아침 습관을 보면 다양한 것들이 있습니다. 긍정 확언과 독서, 명상, 운동 등을 하죠. 그런데 이 중에서 긍정 확언을 살펴보면 주체와 객체가 '나'인 경우가 많습니다. 내가 열심히 노력해서 나의 미래와 행복을 만들어 가겠다는 말이지요. 가장 보편적이고 어찌 보면 당연한 확언입니다. 대부분의 사람은 자기 자신이 세상의 중심이니까요.

'나는 00억을 가진 부자가 된다.'

'나의 사업은 월 0000원의 매출을 올린다.'

'나는 성공한다.' 등등.

참 좋습니다. 안 하는 것보다 훨씬 낫습니다. 나의 안일한 무의식을 희망으로 깨우고, 동기부여를 만들어 주는 말들이니까요. 그런데 미라클 모닝과 긍정 확언을 하다가 포기하는 사람들도 꽤 있습니다. 왜 포기할까요? 안 하는 것보다 좋은데 말이죠. 대부분 지쳐서 포기하게 됩니다. 노력했는데 변화가 없으면 사람은 지치잖아요. 저도 그랬습니다. 조금 하다가 포기했어요. 꾸준히 하는 건 성공한 사람들의 특별한 이야기로만 생각했습니다. 포기한 이유를 생각해 보니 이런 긍정 확언들이 추상적이고 먼 미래의 목표를 겨냥하고 크게 변하는 것이 없어 보이기 때문에 그랬던 것 같습니다. 열심히 해도 긍정 확언을 안 하는 것과 별다를 것이 없어 보였습니다. 그래서 그냥 평범한 아침으로 돌아가곤 했던 것 같습니다. 물론 조금씩 변하고 있겠지만 우리는 자신의 변화에 대해서는 잘 느끼지 못하죠. 마음속에는 눈이 없어서 마인드나 잠재된 능력의 변화는 크게 티가 나지 않기 때문입니다.

하지만 '나'로 인한 다른 사람들의 변화는 우리의 두 눈으로 잘 느낄 수 있습니다. 내가 아무리 미소를 지으며 거울을 보고 나의 기분을 느끼는 것은 잠깐이지만 가족들에게 일어나자마자 웃으면서 '굿모닝~' 하며 웃음을 지어 보면 큰 변화를 바로 느낄 수 있습니다.

가족들은 "무슨 좋은 일 있어? 아침부터 기분이 좋아 보이네?"라고 이야기하겠죠. 그리고 상대방의 입꼬리도 살짝 올라가고 기분이 좋아질 겁니다. 그 입꼬리의 움직임과 기분 좋은 분위기가 가져오는 변화는 나의 변화보다 강력합니다. 기분 좋게 하루를 시작하고 싶다면 잠자리에서 일어났을 때 다른 사람에게 기쁨을 선사할 수 있는 방법을 생각해 보세요. 그리고 행동해 보세요. 나 자신에게 받는 피드백보다 상대방에게 받는 피드백은 더 빠르게 옵니다. 그리고 더 강력합니다. 이 강력함이 우리에게 '기분 좋음'을 선사합니다. 그리고 '살맛'이 나게 합니다.

이를 조금 확대해서 생각해 볼까요. 나의 말과 행동이 회사 동료, 학교 친구, 지인들에게 기쁨을 줄 수 있다고 생각해 보세요. 내가 만든 음식이 다른 사람들을 기쁘게 하고, 회사에서 나의 노력이 직장 상사와 팀원들을 기쁘게 할 때 어떤 감정이 드시나요? 뿌듯함, 가치로움, 즐거움, 만족과 같은 느낌이 듭니다. 이렇게 나의 실행을 통해 다른 사람이 행복을 느낄 때 더 특별한 감정을 느낄 수 있습니다. 나로 인해 모두가 기뻐지는 감정, 나의 존재가 주변에 빛을 밝히는 느낌인 것이죠. '나 참 쓸모 있는 사람이었네. 살맛 난다. 그리고 기쁘다.' 이런 생각과 함께요.

내가 돈을 많이 버는 것, 성공을 하는 것, 내가 시험을 잘 보는 것은 생각보다 금방 잊힐지도 모릅니다. 돈을 벌면 더 많은 돈을 벌고 싶고, 성공을 하면 또 다른 경쟁자들이 생기고, 시험을 잘 보면 또 다른 시험이 기다리고 있으니까요. 10년 전 내가 바라던 부, 명예, 학업적 성장을 생각해 보세요. 이룬 것들이 꽤 많을 겁니다. 하지만 그로 인해 지금 기쁘신가요? 아마 기쁨보다는 당연히 누리고 있는 것이라는 생각이 들 것입니다.

하지만 나의 노력이 상대방을 기쁘게 했던 기억은 잘 잊히지 않아요. 초등학생 시절 꼬깃꼬깃 카네이션을 접어서 부모님 가슴에 처음으로 달아 드린 기억과 부모님의 미소. 누군가에게 장미꽃 100송이를 사 가지고 서프라이즈로 주었던 기억과 그 사람의 웃음. 자녀들에게 좋은 추억을 주기 위해 노력했던 기억과 그로 인해 자녀들이 세상을 다 가진 듯한 즐거움을 느꼈던 순간들.

나 혼자 노력하고 성공하는 것에는 기쁨의 한계가 있

습니다. 하지만 상대방의 기쁨과 연결되면 더 큰 기쁨이 됩니다. 더 오래 기억되는 행복이 됩니다.

아침에 하는 나를 위한 긍정 확언에 '00을 위해'를 더 해도 참 좋을 것 같습니다. 이렇게요.

'나는 가족을 위해 아름다운 말을 하는 사람이 된다.'
'동료를 위해 열심히 노력하는 사람이 되겠다.'
'손님을 위해 맛있는 음식을 만드는 사람이 되겠다.'

나 혼자 행복하면 1차원이지만 나와 상대방이 행복하면 2차원, 우리가 행복하면 3차원이니까요. 선은 점보다 잘 보이고, 만화책보다는 3D 영화가 더 실감 나기 마련이니까요. 이왕 노력을 하면서 사는 세상, 점만 찍으며 1차원적으로 사는 것보다 기쁨의 3D 영화를 찍는 건 어떨까요. 점만 찍혀 있는 인생보다는 다양한 그림과 영상이 입체적으로 우리를 행복하게 한다면 더 행복할 테니까요. 그리고 이 재미있는 행복을 느끼기 위해 우리는 더 열심히 살 수 있을 테니까요.

"

행복은 제곱의 전염성이 있다.

혼자 행복하면 1이지만
둘이 행복하면 4배 더 행복하고
셋이 행복하면 8배 더 행복하다.

그러니 우리 같이
행복하게 지내자.
그 누구도 아닌 나를 위해서.

"

●

마음이 불편해지는 가장 큰 이유 중 하나는 자신이 이룬 것, 자신이 창조한 것이 사람들에게 별다른 도움이 되지 않는다고 느끼기 때문이다. 자신이 별 도움이 되지 않는 존재가 되었다 여겨 언짢아하는 노인이 있는가 하면, 빛나는 청춘의 한가운데에 있으면서 사회 속에서 생산적 존재가 되지 않는다는 생각에 우울해하는 젊은이들도 있다.

이러한 사실로 비추어 볼 때, 늘 기분 좋은 인생을 살아가기 위한 요령은 타인을 돕거나 누군가의 힘이 되어 주는 것이라 할 수 있다. 그것으로 존재의 의미를 실감하고, 순수한 기쁨을 누리게 된다.[33]

– 프리드리히 니체, 『인간적인 너무나 인간적인』에서

가치 있는 사람이 되어서

안타깝지만, 쓸모 있는 것들이 살아남는 세상입니다. 쓸모 있는 새로운 기술이 쓸모없는 오래된 기술을 이기고, 쓸모 있는 사람이 자연스레 성공하기도 합니다.

'쓸모가 있다'는 것은 무슨 뜻일까요? 국어사전에서 '가치'라는 말의 뜻을 보면 '사물이 지니고 있는 쓸모'라고 설명합니다. 즉, 쓸모 있는 것은 특별하고도 중요한 가치가 있는 것들을 이야기합니다.

니체는 기분이 좋아지기 위해서는 자신이 이룬 것, 창조한 것이 다른 사람들에게 도움이 되어야 한다고 이야기합니다. 쓸모 있는 사람이 되어야 기분이 좋아진다고 합니다. 사람을 쓸모 있고, 없고로 나누는 것이 조금 비인간적으로 보일 수도 있습니다만 니체가 말하는 쓸모는 다른 사람들이 평가하는 객관적인 쓸모가 아닙니다. 자기 자신이 느끼는 주관적인 쓸모입니다. 즉, 쓸모 있는 사람이란 자신의 인생을 가치 있게 여기고 주변 사람들과 이 세상에 도움이 된다고 생각하는 사람인 것이죠.

쓸모 있는 인생을 살고 계신지 모르겠습니다. 아니, 주변 사람들에게 도움이 된다고 생각하면서 사시는지 모르겠습니다. 나 혼자 먹고살기도 힘든 세상이긴 하지만 가만히 보면 주변 사람들에게 도움을 주며 사는 사람들이 많습니다. 그리고 도움의 종류는 여러 가지가 있어서, 꼭 물질적인 것이 아닌 정신적인 것 역시 도움이 될 수 있습니다.

물질적인 도움은 한계가 있습니다. 물질을 통해 도움을 준다는 것은 무언가 만들거나 소비를 해야 가능합니다. 만들거나 사는 것은 한계가 있습니다. 그래서 물질적인 도움에는 자연스레 한계가 있기 마련입니다. 그래서 가장 쉽고 오래 누군가에게 도움이 되는 방법, 오랫동안 기분이 좋게 사는 방법은 정신적인 도움을 주는 것 같습니다.

정신적인 도움은 한계가 없습니다. 옆에 있는 사람에게 힘이 되기 위해 말과 행동을 실천하기만 하면 됩니다. 좋은 말과 행동을 하게 되면 상대방이 나에게 고마워하는 것을 느낄 수 있죠. 때로는 적당히 의존하는 것도 느낄 수 있습니다. '의존'은 내가 없으면 안 되는 듯한 느낌을 줍니다. '내가 꼭 필요한 존재구나!'라고 느끼는 것이죠.

"도와줘서 정말 고맙습니다."
"따듯한 마음이 너무 큰 응원이 되었어요."
"제 삶에 희망이 되었어요."

감사함을 느끼고 상대방이 나를 필요로 하는 이 느낌은 '살맛'이 나게 합니다. 쓸모 있는 인생이라고 생각하게 되고 기분이 좋아지게 됩니다.

새벽에 일어나서 몇 안 되지만 제 블로그를 찾아오는 이웃분들께 어떤 글로 기분을 좋게 해 드릴까, 어떤 글로 힘이 될 수 있을까를 고민합니다. 그러다 보니 제 인생에 가장 큰 힘이 되었던 니체의 말을 통해서 희망을 주는 이야기를 쓰게 되었습니다.

딸에게도 사랑을 주고, 해 줄 수 있는 것을 해 주다 보면 내 인생이 쓸모 있는 느낌이 듭니다. 더 많이 사랑하기 위해 더 열심히 살아야겠다는 생각이 들기도 하죠. 이렇게 자신을 도움이 되는 존재라고 생각하고 주변에 줄 수 있는 가치를 주다 보면 더 주고 싶은 욕심이 생기기도 합니다. 사람의 욕망에는 끝이 없으니까요. 이 '쓸모 있는 느낌'이라는 감정도 끝이 없을 테니까요.

우리는 본능적으로 이기심을 가지고 있지만 이 이기심은 결국 마음을 공허하게 합니다. 우리의 본능을 거스르는 것이 이타심이지만 역설적이게도 이 마음은 우리를 기분 좋게 합니다.

우리 존재의 의미, 순수한 기쁨을 누리기 위해 어느 정도는 본능을 거스르며 타인을 위해 살 필요가 있습니다. 공허하지 않은, 좋은 삶을 위해서 말이죠.

오늘도 누군가에게 기쁨을 주기 위해서 글을 쓰고 일을 하고 웃으며 하루를 살아가야겠습니다. 이 세상을 밝히기 위해 태어난 존재의 의미를 찾기 위해서요. 어쩌면 우리는 그 기쁨을 주기 위해 태어났을지도 모르니까요.

“

안타깝지만 나의 가치는
내가 정할 수 없다.

이 세상 어느 누가 자신의 가치를
스스로 정할 수 있겠는가.

하지만 내가 가치로워지는
방법은 존재한다.

나의 말과 행동이 주변을
이롭게 할수록 나의 인생은
점점 가치로워진다.

그리고 이 느낌은
나를 참 기분 좋게 한다.

”

오늘날 신뢰를 얻기 위한 처방은 다음과 같다. "너 자신을 아끼지 말라! 네 의견이 신뢰할 만한 빛 속에 싸이기를 원한다면, 먼저 너 자신의 오두막에 불을 질러라!"[34]

– 프리드리히 니체, 『인간적인 너무나 인간적인』에서

신뢰를 얻고

2023년, 화제가 되었던 한 사건이 유행어를 만들었습니다.

'I am 신뢰예요.'

정말 기본적인 '신뢰'가 무너져 세상에 알려진 이 사건. 자기 자신이 '신뢰'라는 이 한국어도 영어도 아닌 문장을 보면서 '신뢰'에 대해서 많은 생각을 해 보게 됩니다.

살아가는 데 있어서 신뢰는 참 중요합니다. 타인에게 굳은 신뢰를 얻으면 사업도 성공하고, 자연히 부자가 될 가능성도 높아집니다. 깨지기 쉬운 가짜 신뢰가 많은 세상에서 다른 사람이 나를 굳게 믿어 주는 느낌은 참 든든합니다.

의미 있는 삶을 사는 사람들, 성공한 사람들을 보면 신뢰를 얻지 않은 사람은 없는 것 같습니다. 신뢰라는 벽돌이 쌓이고 쌓이다 보면 하나의 멋진 성이 되어서 그들만의 세계를 만들게 되는 것 같아요. 반면에 모래로는 멋진 성을 쌓을 수 없습니다. 모래가 물을 조금 머금고 있으면 조그마한 성을 잠깐 쌓을 수 있지만 '진짜' 신뢰가 되지 않는 한 물은 증발되어 버리고 그 성은 무너지게 됩니다.

우리는 가정에서도 신뢰를 주고받으며 화목한 가정이라는 멋진 성을 쌓아 갑니다. 회사에서도 상 · 하급자, 동료 간의 신뢰를 바탕으로 성을 쌓아 갑니다. 이렇게 신뢰로 쌓인 멋진 성은 가정과 회사에서 사회적, 인간적으로 멋진 삶을 사는 데 도움을 줍니다. 은행에서는 '신뢰'의 정도를 측정하고 대출을 해 주기도 합니다. 신뢰도가 높은 사람에게는 믿고 더 많은 대출을 해 주죠. 신뢰를 통해 경제적으로 더 큰 기회를 얻을 수도 있는 것입니다. 이렇게 신뢰는 우리 삶에서 중요한 요소 중 하나입니다.

이 세상에 줄 수 있는 제일 좋은 건 사랑이지만, 받을 수 있는 제일 좋은 것은 굳은 신뢰일지도 모르겠습니다.

사랑은 변하기 쉽지만 굳은 신뢰는 상대적으로 오래가니까요. 사랑은 누가 더 많이, 더 적게 주느냐에 따라 싸움이 되곤 하지만 신뢰에는 싸움이 없잖아요. 일방적으로 받기만 해도 괜찮습니다. 그게 능력이기도 하고요.

그래서일까요? 많은 사람들이 신뢰를 얻기 위해 많은 이야기를 합니다.

이번에 정말 시험 잘 볼 테니 믿어 달라고, 오늘은 정말 일찍 들어올 테니 믿어 달라고, 우리 식당이 제일 맛있으니 믿고 들어오라고, 국민들이 행복한 정치를 할 테니 믿어 달라고.

하지만 이런 노력에도 불구하고 사람들은 잘 믿지 않습니다. 왜일까요?

신뢰해 봤지만 실망한 적이 있을 겁니다. 이 실망을 통해서 그동안 쌓았던 성이 무너지는 것을 느껴 보았을 겁니다. 그 붕괴의 과정은 너무 충격적이어서 '배신감'이란 감정으로 기억됩니다. 그래서 다시는 그 누구도 믿지 못하기도 합니다. 결국 멋진 성이란 존재할 수 없다고 생각하게 됩니다. 이럴 바에는 아예 처음부터 성을 만들지 않는 것이 낫겠다는 생각을 하기도 합니다. 실패의 쓴맛보다는 무색무취가 더 나을 테니까요.

그래서 어느 순간부터 우리는 아무 말, 아무 사람을 믿지 못하는 세상에서 살고 있습니다. 물건을 살 때도, 사람을 만날 때도, 투표를 할 때도, 배신을 당하지 않기 위해서 이것저것 따져 보게 되죠. 쉽게 믿음을 얻으려 하는 사람들이 너무 많으니까요. 하지만 이런 깐깐하고 신뢰를 얻기 어려운 세상에서도 굳은 신뢰를 얻는 사람들이 있습니다.

어디에 가서든 똑 부러지게 제 할 일을 하는 사람, 그럴싸한 광고보다는 맛과 가격으로 승부하는 식당, 정말 민생에 도움이 되는 정치를 하는 정치인 등등. 말로만 하지 않고 행동으로 보여 주는 사람들이죠.

믿어 달라는 말이 넘치는 세상에서 확실한 행동으로 보여 주는 사람들이 적어서 그럴까요? 이런 행동은 더 큰 믿음으로 더 멋진 성이 되어 우리 가슴속에 기억됩니다. 그리고 그 성은 너무 멋지고 아늑하기에 한번 들어가게 되면 나오기 힘들고요.

우리의 운명을 크게 변화시키는 건 생각도 말도 아닙니다. 바로 행동입니다. 운명론자는 아닙니다만, '행동 운명론'이라는 게 있다고 생각합니다. 성공과 실패가 운명적으로 정해져 있는 게 아니고, 행동을 하는 사람에게는 '작은 운명'들이 조금씩 모여서 어느 순간에 '큰 운명'으로 데려다주는 것 같습니다. 아무것도 안 하는 사람에게는 그 어떤 것도 오지 않아요. 행동과 실천을 하는 사람들에게만 믿음과 신뢰가 가는 것과 같은 이치입니다.

나의 작은 행동 하나하나가 주변 사람들에게 작은 신뢰를 얻기 시작하고, 이 신뢰가 쌓이다 보면 어느 순간에는 '큰 성'이 멋진 모습의 '신뢰'로 남게 되는 것입니다. 성공한 사람들을 보고 '재수가 좋아서 성공을 했다'라고 누군가는 평가절하할 수 있지만 그렇지 않습니다. 성공을 하기 위한 작은 행동들을 했기에 쌓이고 쌓여서 멋진 성을 쌓은 것입니다. 그리고 이 성이 모이고 모여 하나의 왕국을 이룬 것이고요.

다른 사람의 신뢰를 얻기 위해 브랜딩이니 마케팅이니 하는 것들이 중요한 시대가 되었습니다. 똑같은 물건을 팔아도 신뢰 가는 기업, 믿음 가는 인플루언서가 팔면 더 잘 팔립니다. 그러면 브랜딩과 마케팅을 잘하는 사람과 그렇지 않은 사람의 차이는 무엇일까요? 결국 신뢰 아닐까요. 우리는 굳게 믿으면 조금 비싸도 구매 버튼을 누르곤 하니까요. 조금 저렴하지만 찝찝한 것보다는 조금 비싸도 마음 편한 것이 좋기도 하니까요. 이렇게 결국 '믿음'을 얻는 과정이 브랜딩, 마케팅인 것 같기도 합니다. 하지만 이는 굉장히 어렵습니다. 하루아침에 완성되지도 않고요. 꾸준한 행동을 보여줘야만 믿음이 생기니까요.

어려운 이유를 생각해 보면 브랜딩이나 마케팅을 '말과 글'로만 하려고 해서인지도 모르겠습니다. '믿어 달라', '참 좋다'라는 말은 누구나 할 수 있잖아요. 모두가 그런 말을 해서인지 옥석을 고르기가 쉽지 않습니다. 그럴싸한 말을 하는 것이 브랜딩과 마케팅의 전부는 아니니까요. 결국 믿음을 얻을 수 있는 강력한 한 방이 있어야 합니다. 그리고 그 강력한 한 방은 바로 '말과 글'보다는 '행동'입니다.

그 흔한 광고도 하지 않고 맛으로 승부하는 줄 서서 먹는 식당처럼, 사랑과 희생을 행동으로 보여주는 우리의 부모님과 가족처럼, 믿음을 얻기 위한 최고의 방법은 '행동'입니다.

이들은 우리에게 믿어 달라고 굳이 이야기하지 않습니다. 하지만 우리는 강하게 믿고 있습니다. 왜냐고요? 말보다 더 강한 행동으로 우리에게 믿음을 주었으니까요. 이 행동이 우리 마음속에 '신뢰'라는 멋진 성을 쌓았으니까요.

다른 사람의 마음을 얻고 싶다면 오늘 당장 무언가를 '행동'으로 옮겨 보는 건 어떨까요. 다른 사람뿐 아니라, 우선 나 자신을 믿기 위해서라도 '행동'으로 옮겨야 할 것 같습니다. 내가 나를 믿지 못하는데 다른 사람이 나를 믿어 주는 건 힘들겠죠. 나의 꾸준한 행동을 통해서 나에게 믿음을 주고, 이 믿음을 기반으로 이 세상을 향해 행동하다 보면 자연스럽게 이 세상이 나를 믿어 줄 것입니다. 그리고 이 믿음은 우리를 더 좋은 곳으로 데려다줄 것입니다.

그러니 말만 하지 말고 행동으로 보여 주세요. 가장 힘든 순간, 가장 강력한 믿음은 행동에서 나옵니다. 그리고 이 행동은 우리를 멋진 왕국으로 데려다줄 것입니다.

“

굳은 신뢰를 얻고자 하는
방법은 단순하다.

온몸을 던져 실천하고,
온 마음을 다해 노력하면 된다.
이 움직임이 모여 신뢰가 된다.

하지만 누군가는 신뢰를
얻는 것이 어렵다고 한다.

그들은 해 보지도 않은 것,

조금 아는 것에 대해

다 아는 것처럼

이야기하기를 좋아한다.

그리고 행동하기를 귀찮아한다.

”

•

자신에 대하여 얼버무리거나 스스로에게 거짓말을 하며 살지 말라.

자신에 대해서는 늘 성실하며, 자신이 대체 어떤 인간인지, 어떤 마음의 습성을 가지고 있는지, 어떤 사고방식과 반응을 보이는지 잘 알고 있어야 한다. 자신을 잘 알지 못하면 사랑을 사랑으로서 느낄 수 없기 때문이다.

사랑하기 위해, 사랑받기 위해 먼저 스스로를 아는 것부터 시작하라. 자신조차 알지 못하면서 상대를 알기란 불가능한 것이다.[35]

– 프리드리히 니체, 『아침놀』에서

행복한 나무가 되세요

"Love Yourself."

자기 자신을 사랑하라고 이야기합니다. 뻔하디 뻔한 클리셰처럼 들릴지도 모르겠습니다. 무언가 진부하고 틀에 박힌 생각처럼 느껴진다는 것은 식상하게 느껴져서 더 이상 감흥이 느껴지지 않는 것인지도 모릅니다. 자기 자신을 사랑하라는 이 좋은 말이 왜 진부하고 틀에 박힌 것처럼 느껴지는 걸까요? 자기 자신에 대한 사랑이 꽤나 어려운 것이기에 그런 것 같습니다. 너무 어렵다 보니 진부해 보이고 감흥이 느껴지지 않는 거죠.

나를 사랑하는 것은 참 어렵습니다. 말은 그럴듯하지만 How to가 참 어려워요. 왜 어려운지 생각해 보니 자기 자신을 사랑하는 사람들을 잘 보지 못해서 그런 것 같습니다. 가장 쉽게 배우는 방법은 보고 배우는 것인데 본 적이 없으니 어려운 것이죠.

어렸을 때 감사하게도 본인보다 자식들을 더 사랑해 주시는 부모님의 사랑을 받고 자랐습니다. 그리고 TV나 영화 속에서 보여 주는 소위 훌륭한 사랑은 자기 자신을 희생하고 타인의 행복을 위해 살곤 합니다. 진부하지만 영화 《타이타닉》의 마지막 장면을 생각해 보면 잭(레오나르도 디카프리오 扮)이 로즈(케이트 윈슬렛 扮)를 살리기 위해 본인의 목숨을 희생합니다. 그리고 이런 사랑은 참 아름다운 사랑이라고 느껴집니다. 타인에 대한 희생이 진정한 사랑으로 느껴지곤 하니까요.

사랑할 때 희생이 필요 없는 것은 아닙니다. 당연히 있어야 합니다. 하지만 희생이 전부는 아닙니다. 여러 요소 중 하나일 뿐입니다. 그런데 희생을 확대 해석하다 보면 나머지 부분이 무시당하기 쉽습니다. 그런데 타인에 대한 희생을 너무 강요하거나 희생만이 전부라고 착각하기 쉽습니다. 참 멋져 보이고 레오나르도 디카프리오가 된 것 같은 느낌이 들지도 모르겠지만 이런 사랑을 오래도록 하다 보면 자기 자신이 없어지는 느낌이 듭니다. 희생은 사랑의 여러 요소 중 하나였는데 희생만 강조하다 보니 사랑의 다른 요소들이 사라지게 됩니다. 사랑을 구성하는 다른 요소들이 사라지다 보니 본래의 사랑이 흐려질 수밖에 없는 것이지요.

하지만 희생은 홀로 영원할 수 없습니다. 다른 여러 요소들과 어우러져 사랑의 일부분으로서 존재해야 오래갈 수 있습니다. 하지만 사랑의 농도가 흐려지다 보니 희생 또한 오래갈 수 없습니다. 특히 일방향적인 희생이면 더더욱 어렵습니다. 사랑으로 시작했으나 아무것도 남아 있지 않을지도 모릅니다. 공허함과 상처만이 남을지도 모릅니다.

『아낌없이 주는 나무』라는 동화가 있죠. 나무와 친구인 소년. 어려서는 나무 밑에서 그네를 타고 열매를 따 먹으며 재미있게 놀았지만 소년이 성장하면서 더 이상 그때처럼 놀지 못합니다. 소년이 커서 돈이 필요하다고 말하자 나무는 자신의 열매를 내어 줍니다. 결혼을 해서 살 집이 필요하다고 하자 가지를 잘라다가 집을 만들라고 합니다.

소년이 더 늙어서 어디론가 떠나고 싶다고 하자 나무는 자신의 몸통을 베어서 배를 만들라고 합니다. 그렇게 떠나 버린 소년이 오랜 시간이 지나서 돌아오자 나무에게는 밑동밖에 남지 않았죠. 나무는 늙어 버린 소년에게 그 밑동에 앉으라고 합니다.

어렸을 때 이 동화를 읽었을 때에는 나무의 희생정신이 참 대단하다고 생각했습니다. 하지만 조금 커서 다시 생각해 보니 많은 생각이 듭니다.

과연 나무는 행복했을까요? 어렸을 때 소년과 그네를 타며 즐거운 시간을 보내다가 이 즐거움을 계속 느끼고 싶어서 다 큰 소년에게도 그네를 타자고 하죠. 하지만 소년이 더 이상 원하지 않자 이제 자신의 몸을 잘라 내기 시작합니다. 밑동만 남을 때까지 말이죠. 그렇게 해서라도 소년이 자신의 옆에 있게 하면 좋겠다는 생각을 하면서요. 이 나무의 마음은 행복했을지 몰라도, 나무 본연의 의미로서는 행복하지 못했을 것 같습니다.

나무는 한 사람만을 위해 존재할 필요는 없습니다. 동화 속 나무는 자신이 얼마나 많은 사람들에게 열매와 그

늘을 줄 수 있는 소중한 존재인지 모르고 소년만을 위한 나무라고 자신을 한정 지어 버린 건 아닐까요? 자신의 특성과 가치를 알지 못하고 무조건적인 희생을 한 것은 아닐까요?

내가 어떤 존재인지 모르고 희생정신이 투철한 사랑을 시작해 버린 나무는 결국 아무것도 남지 않게 되었습니다. 물론 그게 숙명이라고 생각하면 마음이 편할 수도 있지만 나를 사랑하지 않아서 느끼는 착각일 수도 있습니다.

희생이 나쁜 것은 아닙니다. 하지만 전부 또한 아닙니다. 자기 자신을 사랑하지 않는 상태에서 '희생'만 확대해석하면 사랑에 대한 잘못된 개념을 갖게 될 수 있습니다. 아낌없이 주기만 하던 나무처럼 사랑의 주체는 사라지고, 받는 데 익숙한 소년 같은 객체만이 남는 그런 사랑으로 말이죠.

사랑을 하기 위해서는 내가 어떤 존재인지를 알아야 합니다. 누구에게 무엇을 줄 수 있고, 무엇을 통해서 에너지를 얻는지 알아야 합니다. 그리고 무엇을 할 때 가장 행복한지 알아야 합니다. 수백 년도 살 수 있는 나무가 수십 년밖에 살지 못했던 것처럼 우리의 소중한 인생이 짧게 끝나 버릴 수는 없으니까요.

그리고 나를 소진시키는 희생은 멀리해야 합니다. 소진의 끝은 아무것도 없는 상태입니다. 아무것도 없이 살 수는 없죠. 아무것도 없이 살기 위해 태어난 것은 아니니까요. 소진되지 않는 희생을 해야 합니다. 희생하는 부분이 있으면 희생받는 부분도 있어야 하고요. 그 사람에게 희생을 받을 수 없다면 다른 곳에서라도 채울 수 있어야 합니다.

이는 자신이 무엇이 채워져야 행복한 사람이 되는지를 알아야 하는 이유이기도 합니다. 'Love Yourself' 이전에 'Know Yourself'가 필요한 이유이기도 하고요.

내가 무슨 나무인지 다시 알아보아야 합니다. 무엇에서 영양분을 얻고 무엇이 나를 성장하게 만드는지, 언제 열매를 맺는지, 어떤 벌레에 취약하고, 천적은 무엇인지를 생각하면서요. 그래야 나를 사랑하고 다른 사람들을 사랑할 수 있을 테니까요.

사랑을 시작하기 전이라면 나 자신이 어떤 나무인지

꼭 생각해 보세요. 그리고 결에 맞는 좋은 친구를 옆에 두시기를 바랍니다. 나를 소진시키기보다는 채워 주는 그런 친구 말이죠. 그러면 처음에는 한 그루였던 나무가 두 그루가 되고 네 그루가 되고 언젠가는 멋진 숲이 될지도 모릅니다. 친구와 어떤 것을 주고받는지에 따라서 숲의 크기는 달라지겠죠.

이미 사랑을 하고 있다면 자신이 어떤 나무인지 잘 보여주세요. 그리고 상대방은 어떤 나무인지 잘 살펴보세요. 그리고 다른 부분은 조금씩 맞춰 나가세요. 물과 불처럼 아무리 상극이라고 할지라도 너무 차가운 물을 데우는 건 불이고 큰 불을 끄는 건 물입니다. 이렇게 상극이지만 서로의 과함을 보완해 주기도 하니까요.

내가 사라지지 않는, 채워지는 사랑으로 가득 찬 하루가 되었으면 좋겠습니다.

오랫동안 빛날 수 있게 말이죠.

“

자기 자신을 존중하지 않고
무조건적 희생으로
사랑하는 것은 빈 컵으로 물을
따라 주는 것과 같다.

컵이 채워져 있어야
사랑도 줄 수 있다.

그대의 컵엔 무엇을 어떻게
채울 것인가?

”

●

사람들은 오로지 동류의 사람들에게만 칭찬 받는다.

이렇게, 우리의 목적이나 척도가 무엇인지 알며, 우리에게 중요한 칭찬이나 비난을 의미하는 어떤 집단을 스스로 정해야 한다.[36]

– 프리드리히 니체, 『즐거운 학문』에서

서로 칭찬하며

어제 하루, 누군가를 칭찬한 적이 있나요? 혹시 누구였나요? 어제가 아니더라도 최근에 누군가를 칭찬한 기억이 있으신가요?

나와는 완전히 다른 사람이었나요? 아닐 겁니다. 아마도 나와 비슷한 사람일 겁니다. 나와 비슷한 생각과 관점을 가지고 나의 관심 분야에서 무언가를 열심히 하는 사람일 확률이 높습니다. 그런 사람들에게는 나도 모르게 칭찬이 나오기 마련이니까요.

인생을 사는 데 칭찬은 꽤나 중요한 요소입니다. 내가 받는 칭찬이든 다른 사람과 주는 칭찬이든 말이죠. 칭찬은 고래뿐 아니라 우리도 춤을 추게 하고 더 멋진 춤을 추도록 동기부여를 해 주기도 하니까요. 이 춤을 추다 보면 이 움직임들이 모여 더 빛나는 인생으로 만들어 주기도 하니까요.

그런데 이 칭찬은 때로는 갈등을 일으키기도 합니다. 누구는 칭찬에 너무 인색해서 문제고 누군가는 칭찬을 너무 남발해서 문제입니다. 칭찬은 이렇게 인생을 사는 데 중요하지만 마냥 쉽지만은 않습니다. 친구나 부부 사이에서 특히 그런 것 같아요.

칭찬 감수성이 좋은 사람은 칭찬의 스펙트럼이 넓습니다. 잘한 것은 당연히 칭찬을 하게 되고 설령 조금 못했다고 하더라도 그 도전 자체에 칭찬을 하기도 합니다. 반면 감수성이 떨어지고 기준이 높은 사람은 잘한 것은 당연히 잘해야 하는 것이고 못한 것은 비난 받아야 한다고 생각하기도 합니다. 잘하든 못하든 칭찬에 인색하죠. 이렇게 칭찬 감수성의 차이는 인간관계의 불균형을 만들기도 합니다. 그리고 이 작은 차이가 관계의 세기와 지속성을 결정하기도 하죠. 좋은 친구와 부부 사이는 서로 결이 맞는 칭찬 감수성을 가진 사람들일 확률이 높습니다.

좋은 점이나 착하고 훌륭한 일을 높이 평가하는 '칭찬'. 우리는 우리와 비슷한 사람을 칭찬한다고 니체는 이야기합니다. 비슷한 생각을 하는 사람들끼리만 이해할 수 있는 좋은 점, 즉 칭찬의 포인트가 있으니까요. 내가 보았을 때 좋아 보이는 것에 우리는 칭찬을 하니까요. 그리고 이 '좋아 보이는 것'은 사람마다 다르니까요. 공부를 중요하게 생각하는 부모는 공부를 잘하는 아이에게 더 많은 칭찬을 하게 됩니다. 회사에서도 '정확성'을 강조하는 상사는 조금은 느려도 정확하게 일하는 직원에게 더 많은 칭찬을 하게 됩니다. 이렇게 비슷한 사람들끼리 칭찬을 하며 삽니다.

칭찬은커녕 비난이 난무해서 아예 입을 막아 두는 곳도 있습니다. 연예, 스포츠 기사의 악성 댓글로 인해 많은 연예인이나 운동선수들이 힘들어하곤 합니다. 심지어 어떤 사람은 안타깝게도 생을 스스로 마감하기도 하고요. 평범한 사람들과 너무 다른 인생을 살고 있기에 우리가 알지 못하는 그들만의 세계가 있을 겁니다. 하지만 이 차이를 극복하지 못하고 무차별적으로 쏟아 내는 비난은 관계의 불균형을 초월해서 한 사람의 존재의 불균형을 만들어 내기도 합니다.

회사에서도 같은 시간과 노력을 들여서 보고서를 쓰고 PT를 해도 누구는 칭찬을 받고 누구는 칭찬을 받지 못합니다. 네, 욕을 안 먹으면 다행이기도 하죠. 그런데 이 칭찬과 욕먹음의 차이는 큰 것 같지만 자세히 보면 큰 차이가 없습니다. 보고와 PT를 받는 사람과 '결'이 비슷하면 칭찬을 받고 '결'이 다르면 칭찬을 받지 못합니다. 칭찬의 대상에 따라 칭찬과 비난이 달라지는 것이죠. 이렇게 '비슷함'은 자연스럽게 칭찬을 이끌어 냅니다.

저는 적당히 칭찬을 받고 살던 아이였습니다. 학교에서나 집에서나 평범한 말씽은 있었지만 크게 엇나가거나 잔소리를 들으며 살지 않았습니다. 무엇을 잘했다기보다는 비난보다 칭찬을 더 많이 해주는 '결'이 비슷한 부모님과 좋은 사람들 속에서 자랐기에 누릴 수 있는 행운이었습니다. 그런데 이런 삶에서 변화가 오기 시작한 건 대학을 들어가면서부터인 것 같았습니다.

그곳에는 너무 다른 사람들이 있었습니다. 너무나도 다른 생각을 가지고 있는 사람들, 전국 팔도에서 모인 사람들, 그리고 너무나도 다양한 가치관을 가진 사람들이 모였습니다. 특히 '생각'이 저와 다르다 보니 아무리 노력해도 칭찬을 받기 어려웠습니다. 저의 노력은 다수에게 다른 '결'로 느껴졌으니까요. 졸업을 하고 일을 하면서도 마찬가지였습니다. 그런 사람들과 살아가면서 조금은 익숙해지긴 했지만 진정한 저의 모습보다는 사회가 원하는 무언가를 하면서 살아야 했습니다. 칭찬까지는 몰라도 욕을 먹지는 않아야 하니까요. 15년 가까이 일을 했지만 아직까지도 조직 내 절대다수와 맞지 않는 '결'로 인해 힘이 들기도 합니다. 비슷한 사람이 되어 보고자 하지만 생겨 먹은 건 잘 변하지 않아서 그 사람들 눈에 '칭찬할 만한' 사람이 되기는 쉽지 않은 것 같습니다.

물론 칭찬이 인생의 전부는 아닙니다. 하지만 칭찬은 똑같은 노력을 들이고 더 큰 보람을 느끼게 합니다. 그리고 이 보람은 더 큰 무언가를 만들 수 있는 동기부여와 자극제가 되기도 합니다. 칭찬을 통해서 누군가에게는 새로운 미래가 생기기도 합니다.

그렇다면 칭찬을 주고받으며 새로운 미래를 만들기

위해서는 어떻게 해야 할까요? 나와 비슷한 수준과 결을 가진 사람들과 함께해야 합니다. 어려워 보일지도 모르겠습니다만 지금은 21세기죠. 나와 비슷한 결을 가진 사람들과 얼마든지 연결될 수 있는 세상입니다. 가족을, 혹은 회사와 같은 물리적 공간을 바꾸기는 힘들죠. 하지만 나와 관심사가 비슷한 사람들을 찾는 것은 어렵지 않습니다. 인터넷상의 수많은 플랫폼이 생겨난 이유가 바로 그것일지도 모릅니다. 물리적으로는 조금 힘들지만 온라인상으로 나와 비슷한 사람들을 찾고 소통하기 편한 시대가 되었습니다.

그리고 물리적인 환경도 바꾸기 위해 노력해 보아야 합니다. 가족과 회사에서 '결'이 다른 이유는 서로의 '결'을 공유하지 않아서인지도 모릅니다. 서로가 서로를 알지 못하기에 공유할 수 없는 것이죠. 나와 타인 사이의 수많은 '결'을 공유하고 그 '결' 중에 공통점을 발견해 내고 이를 확장한다면 칭찬을 할 수도, 칭찬을 받을 수도 있습니다. 이를 통해서 새로운 미래를 만들어 나갈 수 있습니다.

우연히 글을 쓰기 시작하고 서로의 글을 보면서 소통

을 하다 보니, '생각의 결'이 맞는 사람들을 만나게 되었습니다. 그리고 자연스레 칭찬을 주고받게 되었습니다. 그리고 받은 칭찬들에 용기가 더해져서 이 책이라는 새로운 미래가 생겨나기도 했습니다. 어두웠던 인생에서 칭찬이라는 빛이 하나둘 빛나더니 어둠이 걷히고 밝아지고 있습니다. 미래는 더 밝아지겠죠.

나의 미래를 바꾸고 싶다면 칭찬을 주고받을 만한 사람들과 함께하는 건 어떨까요. 이 오고 가는 칭찬 속에서 새로운 가능성이 태어나니까요. 그리고 내가 상대방에게 하는 칭찬은 더 큰 인정이 되어서 나에게 돌아오니까요. 이 인정이 인생을 '살맛' 나게 합니다. 그리고 이 느낌은 더 나다운 삶을 살게 합니다. 행복하고 풍요롭게 살 수 있습니다.

비슷한 결을 가진 사람들을 찾아보고 다른 결의 사람들과도 칭찬을 통해 공통점을 찾아보세요. 한결같은 인생도 좋지만 여러 결로 짜여진 인생은 더 튼튼하고 촘촘할 테니까요.

“

우리의 인생은 마치
나무와도 같아서 각자의 색과
무늬를 가지고 있다.

우리는 흔히 이를 ‘결’이라고 한다.

비슷한 결을 가진 사람들은
서로를 ‘칭찬’하고,
이 칭찬으로 ‘함께’라는
공감대를 만든다.

‘칭찬’과 ‘함께’의 힘은
생각보다 크다.

‘혼자 묵묵히’보다
‘함께 칭찬하며’ 가면
더 멀리 갈 수밖에
없기 때문이다.

”

우리의 기쁨은 다른 이들에게 힘이 되는가. 우리의 기쁨이 타인의 원망과 슬픔을 한층 배가시키거나 모욕을 안겨 주고 있지는 않는가.

우리는 정말 기뻐해야 할 것을 기뻐하고 있는가. 타인의 불행과 재앙을 기뻐하고 있지는 않은가. 복수심과 경멸, 차별의 마음을 만족시키는 기쁨은 아닌가.[37]

- 프리드리히 니체, 『권력에의 의지』에서

힘이 되는 기쁨을 주세요

인생을 살면서 기쁜 일이 무엇일까요? 돈을 많이 버는 것, 승진을 하는 것, 자녀들이 공부를 잘하는 것 등 많은 것들이 있겠죠. 돈, 명예, 공부 등을 통해서 나와 내 사람들이 행복해지는 것들이 기쁜 일인 것 같습니다. 돈, 승진, 공부는 이 행복을 위한 각자의 수단이 되겠죠. 그래서 부자가 되기 위해, 승진을 하기 위해, 공부를 잘하기 위해 노력을 하고 성취를 이루며 하루하루 살아가려고 하는 것 같습니다.

그런데 일부러 그런 감정을 느끼는 것은 아니지만 나의 노력과 성취 없이도 기쁨 비슷한 것을 느끼는 순간이 있습니다. 경쟁자가 슬럼프에 빠지고 포기해 버릴 때, 나보다 공부를 잘하던 친구가 시험을 못 봤을 때, 일본이 월드컵 16강에서 탈락했을 때 이런 일로도 기쁨 비슷한 감정이 느껴지기도 합니다. 타인의 고통이 나의 기쁨이 되는 것이죠. 하지만 이 감정이 진정한 기쁨일까요?

좋은 기쁨이란 다른 이들에게 힘이 되는 기쁨이라고 니체는 이야기합니다. 하지만 다른 이들에게 힘이 되는 기쁨이란 과연 존재할까요? 우리는 크고 작은 이기심을 가지고 있는 보통의 사람들이잖아요. 이런 우리가 다른 이들에게 힘이 될 때 기쁠 수 있을까요?

'사촌이 땅을 사면 배가 아프다'라는 속담이 있습니다. 땅을 어떻게 샀는지, 얼마나 노력하며 샀는지는 모르지만 그 결과만 봤을 때 나보다 더 부자가 된 것 같아 배가 아픈 느낌입니다. 이렇게 타인의 행복이 나의 불행이 되기도 합니다. 사촌이 아니라도 직장 동료나 친구들이 부자가 되고 성공을 하면 솔직히 기쁘지만은 않습니다. 행복보다는 조바심이, 기쁨보다는 시기심이 드는 게 현실입니다.

하지만 이는 어떤 사촌, 어느 친구인지에 따라 다를 수 있습니다. 평소에 누구보다 열심히 일하고 절약 정신을 가진 지인이 있다고 생각해 볼까요. 누구보다 열심히 노력하는 걸 알고 있고 이 노력이 누구에게나 존경받을 만하다고 생각해 보세요. 그런 사람이 땅을 사면 어떤 기분이 들까요? 마냥 배가 아프기만 할까요? 아니요. 인정했을 겁니다. 당연히 부럽기는 하겠지만 기쁜 마음으로 축하해 줄 수 있을 겁니다. 그 노력과 고생을 아니까요. 그리고 그 과정을 평소부터 존경해 왔으니까요.

타인에게 힘이 되는 기쁨이란 이런 것 아닐까요? 나만 행복한 게 아니라 타인에게도 희망을 주고 길을 열어 주는 기쁨인 것이죠. 그렇다면 이런 기쁨을 위해서는 나의 노력의 과정을 이야기하고 보여 줘야 합니다. 그냥 혼자서만 꽁꽁 숨기고 살고 있다가 하루아침에 '짠!' 하고 성공을 공개하면 모든 사람들이 기쁘기는 힘드니까요.

일확천금이 쉽지는 않은 세상이지만 일시적으로 아주 없지는 않은 세상이기도 합니다. 간혹 주위 이야기를 듣다 보면 주식이나 비트코인, 로또로 부자가 되었다는 사람들 이야기를 종종 듣습니다. 특히 로또 이야기를 해 보자면 로또에 당첨된 사람을 본 적은 없지만 로또에 당첨된 그 이후가 그렇게 순탄치는 않다는 뉴스를 본 적이 있습니다. 아마도 로또라는 급작스러운 '결과'가 질투심을 유발하다 보니 주변 사람들과 기존 질서가 변하면서 생겨난 문제들을 감당하지 못했겠지요. 그래서 시기, 질투가 생기고 이 나쁜 감정들이 점점 확대되어 끔찍한 일들도 벌어지는 것 같습니다.

종종, 아니 어쩌면 매주 생각하곤 하잖아요. '로또에 당첨되면 누구한테까지 이야기할까?' 이런 생각을 친구들과 이야기해 보니 가족한테만 이야기한다, 배우자한테만 이야기한다 등등 다양한 의견이 있었습니다. 아마도 좋지 않은 뉴스들을 보다 보니 자연스레 주변에 이야기하기를 꺼리게 되는 것이겠죠. 갑작스러운 기쁨은 타인에게 고통을 줄 수 있으니까요.

벼락부자가 되어 나의 기쁨이 타인에게 고통이 되지 않기 위해서는 내 성장 과정이 다른 사람에게는 꿈과 희망이 되도록 해야 합니다. 내가 기쁨을 추구하며 노력하는 행동들이 주변 사람들에게 좋은 영향을 주고 '성공해도 인정할 수밖에 없는' 그런 존재가 되는 것이지요. 하루아침에 로또에 당첨되는 것보다는 차곡차곡 적금을 드는 느낌으로요.

그리고 일확천금 성취가 아니라 꾸준히 노력을 하면서 성장을 하고 있다는 걸 주변에 꾸준히 알릴 필요가 있습니다. 겸손이라는 이름 아래 나의 노력을 알리기 꺼려하는 시대이긴 하지만 내 현실과 이 현실을 개선하기 위한 노력은 누군가에게는 '메시지'가 될 수도 있으니까요. 결과가 아닌 과정을, 자랑이 아닌 성과를 이야기하는 거죠. 이 과정과 성과는 스토리가 되고 감동을 주고 누군가에게 희망과 기쁨을 주곤 하니까요.

뽐내는 것과 성장의 차이를 구분하고 꾸준히 노력하고 주변 사람들에게 나의 생각을 이야기해 보세요. 나의 노력은 누군가에게 동기부여가 되고, 나의 성공을 응원해 주는 사람들이 생겨날 수 있습니다. 그리고 이때 느끼는 기쁨은 참 좋은 기쁨일 것입니다.

이 기쁨이 바로 '나'라는 별의 진정한 역할이겠지요.

“

가장 좋은 기쁨은 나의 기쁨이
타인에게도 도움이 되는 기쁨이다.

이 가장 좋은 기쁨을
위해서는 정상에 오른 모습만
보여 주지 말자.

반드시 정상에 오르는 길을
이야기하자.

정상을 향해 올랐던
나의 발자취가 누군가에겐
한 줄기 빛이 될 것이다.

그 빛이 우리 모두를
기쁘게 할 것이다.

”

어느 것도 아름답지 않다. 인간 외에는. 모든 미학은 이런 단순함에 기초하고 있으며, 이것이야말로 미학의 제1진리이다. 여기에 곧바로 제2의 진리를 추가해 보자. 퇴락한 인간보다 더 추한 것은 없다.

생리적으로 고찰해 보면 추한 모든 것은 인간을 약화시키고 슬프게 한다. 그것은 인간에게 쇠퇴, 위험, 무력을 상기시킨다. 이러면서 인간은 실제로 힘을 상실한다.[38]

– 프리드리히 니체,

『우상의 황혼Götzen-Dämmerung』(1889)에서

누가 뭐래도 사람이 꽃보다 아름다우니까요

"누가 뭐래도~ 사람이 꽃보다 아름다워~"

이 노래 아시나요? 안치환 씨의 「사람은 꽃보다 아름다워」입니다. 20년이 훨씬 지난 노래지만 많은 사람들이 "누가 뭐래도~" 부분만 들어도 자연스럽게 가사를 흥얼거리는 노래입니다. 이런 노래가 참 좋은 노래라고 생각합니다. 사람들에게 희망을 주고, 기쁘게 해 주니까요. 노래의 배경과 해석은 차치하고 노래의 가사에 집중해 볼까요. "이 모든 외로움 이겨 낸 바로 그 사람", "노래의 온기를 품고 사는 바로 그대, 바로 당신, 바로 우리, 우린 참사랑"이라는 가사가 참 좋습니다. 우리에게 힘을 주니까요.

이 글을 쓰고 있는 4월, 대한민국은 벚꽃으로 인해 참 아름다운 시기입니다. 벚꽃들이 아름답게 피어 있고 사람들은 아름다운 벚꽃 밑에서 사랑하는 사람들과 사진을 찍으며 아름다운 추억을 만들고 있습니다.

혹시 작년이든 언제든 벚꽃 밑에서 찍은 사진들이 휴대폰 사진첩에 저장되어 있으신가요? 벚꽃 시즌에 카카오톡 프로필로 설정해 두었던 기억에 남는 사진이 있지 않으신가요? 프로필 사진이 아니더라도, 사진첩에는 벚꽃 밑에서 찍은 사진이 몇 장은 있으실 것 같습니다. 아름다운 벚꽃 배경, 나와 사랑하는 사람들, 이들이 한데 어우러져 기억에 남는 '아름다운 사진'을 만들어 냅니다.

그런데 만약 이 사진에서 '사람'이 없으면 그 사진이 기억에 남을 수 있을까요? 무언가 허전할 겁니다. 그리고 오래 두고 볼 사진이 아닐지도 모르죠. 그냥 흔한 벚꽃 사진일 테니까요. 그리고 '벚꽃만' 있는 더 멋진 사진은 인터넷에 훨씬 많으니까요. 우리의 사진이 기억에 남고 아름답다고 기억되는 이유는 벚꽃 때문이 아니라 '사람'이 있어서입니다. 벚꽃보다도 아름다운 사람이 있으니까요.

꽃을 보고 아름다움을 느끼듯이 누군가는 옷이나 신

발, 자동차를 보고 아름답다고 느끼는 경우가 있습니다. 물론 아름답죠. '아름다움'을 공부한 사람들이 최선을 다해서 아름답게 만든 것이니까요. 하지만 사물이 주는 아름다움은 사람이 주는 그것에 비해 차원이 낮습니다. 영원하지 않고 금방 질려 버리고요. 오래도록 아름다움을 느끼기가 어렵습니다.

니체는 인간이 아름다움을 느끼는 것에 대해서 이렇게 설명합니다.

> **생명력의 상승을 내뿜는 것에서 사람은 아름다움을 느낀다. 이른바 강인한 기세, 발랄한 기운, 용기, 힘의 충만 등으로부터 감각적으로 생리적으로 원초적인 아름다움을 느낀다.**[39]
>
> **-『우상의 황혼』에서**

1년에 1~2주 정도 피는 꽃이 아름다운 이유는 추운 겨울을 뚫고 피어난 꽃에서 강인한 생명력이 느껴지고 이것이 발랄한 기운으로 우리에게 다가와서이지 않을까요.

이러한 힘의 충만이 우리에게 원초적인 아름다움을 느끼게 하기도 하죠. 별거 아닐 수 있는 작은 새싹을 보고 우리는 아름다움을 느끼기도 합니다. 작은 씨앗에서 흙을 뚫고 싹을 핀 그 모습이 기특하잖아요. 그리고 이는 우리에게 강인함과 '성장'을 느끼게 하니까요.

한번 만들면 그 모습 그대로인 사물과는 다르게 사람은 매일매일 다를 수 있습니다. 힘이 넘치는 사람은 자주 강인한 기세를 주변에 보여 주죠. 발랄하고 힘이 충만한 모습은 다른 사람들에게 긍정적인 영향을 미칩니다. 그런 사람에게 느끼는 그 영향은 긍정적인 감정으로 우리 마음 속에 남습니다. 그리고 그 좋은 감정의 이름을 짓기가 참 애매하지만 어쩌면 그것이야말로 진짜 '아름다움'일지도 모르겠습니다. 잘생기고 예쁜 외향적인 아름다움에 우리가 익숙해져 있지만 그런 아름다움이 아닌 진정한 인간적인 아름다움인 것이죠.

노랫말처럼 누가 뭐래도 사람이 꽃보다 아름답지만 아쉽게도 언제나 그렇지만은 않습니다.

사람이 추하다고 느끼는 것은 무엇일까. 사람은 힘을 약화시키는 것을 혐오한다. 삶을 이끄는 본능적인 생명력을 꺼트리는 것 혹은 쇠퇴하는 그 상태를 추하다고 느낀다. 찌들거나 피로한 느낌, 부패한 느낌, 노쇠, 억압, 마비 등이 끈질기게 달라붙어 있는 상태… 그것들이야말로 생명력의 퇴화로 이어지는 징후이기에 사람은 본능적으로 추함을 느낀다.[40]

-『우상의 황혼』에서

매일 힘들다고만 이야기하는 사람, 매일 피곤해 보이는 사람, 에너지가 느껴지지 않는 사람. 이런 사람들에게서는 아름다움을 느끼기 힘듭니다. 그리고 그 사람과 함께 있는 시간 자체가 힘들기도 하죠. 내 에너지를 소진하는 느낌이 드니까요.

아름다운 벚꽃이 1년 내내 피어 있으면 참 좋겠죠. 그 아름다움을 1년 내내 느낄 수 있으니까요. 안타깝게도 벚꽃은 시기가 정해져 있습니다. 하지만 사람에겐 그런 시기가 정해져 있지 않습니다. 우리가 매일 강인함과 발랄한 기운을 가진 아름다운 사람이 된다면 사람들이 매년 벚꽃을 찾아가는 것처럼 우리에게 찾아올 것입니다. 그렇게 우린 누군가에게 아름다운 벚꽃 나무가 될 수 있습니다. 그리워하고 보고 싶고 찾아가고 싶은 그런 사람으로 말이죠.

그러니 추운 겨울을 이겨 내고 피어나는 꽃처럼, 작은 씨앗이 흙을 뚫고 새싹을 피워 나가는 것처럼 강인하고 발랄하게 사는 건 어떨까요? 피곤해도 조금만 더 힘내고, 늙었다고 아무것도 못하겠다는 말은 하지 말고…. 어제보다 오늘 조금이라도 더 피어나는 꽃처럼 살았으면 좋겠습니다. 강인하고 발랄한 아름다움을 풍기면서 말이죠.

그러면 우리의 아름다움은 빛이 되어 주변을 밝힐 수 있겠죠. 어두웠던 주변이 하나둘씩 밝아지고, 이로 인해 이 세상은 더 밝아질 수 있겠죠.

우린 모두 빛나는 별이니까요.

“

이 세상에서 가장 아름다운
사람은 강인한 생명력으로
주변을 밝히는 사람이다.

그러니, 우리는 오늘을
힘차게 살아 내야 한다.
더 열정적으로
빛을 내며 살아야 한다.

이것이 우리가 태어난 이유이다.
우리는 모두 빛나는 별이니까.

”

미주

1. 시라토리 하루히코, 『초역 니체의 말』 1, 박재현 옮김(삼호미디어, 2022), 26쪽에서 재인용.

2. 리치 칼가아드, 『레이트 블루머』, 엄성수 옮김(한국경제신문, 2021)

3. 위의 책, 앞표지

4. 프리드리히 니체, 『즐거운 학문 · 메시나에서의 전원시 · 유고(1881년 봄-1882년 여름)』(이하 『즐거운 학문』), 안성찬, 홍사현 옮김(책세상, 2005), 76쪽.

5. 프리드리히 니체, 『아침놀』, 박찬국 옮김(책세상, 2004), 393쪽.

6. 시라토리 하루히코, 『초역 니체의 말』 1, 39쪽에서 재인용.

7. 시라토리 하루히코, 『초역 니체의 말』 1, 64쪽에서 재인용.

8. 프리드리히 니체, 『인간적인 너무나 인간적인』 2, 김미기 옮김(책세상, 2002), 407~408쪽.

9. 위의 책, 407쪽.

10. 시라토리 하루히코, 『초역 니체의 말』 1, 35쪽에서 재인용.

11. 프리드리히 니체, 『아침놀』, 143쪽.

12. 사이토 다카시, 『곁에 두고 읽는 니체』, 이정은 옮김(홍익출판미디어그룹, 2020), 28쪽에서 재인용. (2015년 판본도 검색되는데 2020년이 맞을지요? 간행연도 확인 바랍니다)

13. 프리드리히 니체, 『차라투스트라는 이렇게 말했다』, 정동호 옮김(책세상, 2015), 530쪽.

14. 프리드리히 니체, 『아침놀』, 257쪽; 321쪽.

15. 사이토 다카시, 『곁에 두고 읽는 니체』, 132쪽에서 재인용.

16. 시라토리 하루히코, 『초역 니체의 말』 1, 227쪽에서 재인용.

17. 프리드리히 니체, 『인간적인 너무나 인간적인』 2, 60쪽.

18. 프리드리히 니체, 『인간적인 너무나 인간적인』 2, 56쪽.

19. 프리드리히 니체, 『즐거운 학문』, 377쪽.

20. 프리드리히 니체, 『초역 니체의 말』 1, 161쪽에서 재인용.

21. 프리드리히 니체, 『인간적인 너무나 인간적인』 2, 74~75쪽.

22. 프리드리히 니체, 『즐거운 학문』, 248쪽.

23. 프리드리히 니체, 『인간적인 너무나 인간적인』 1, 371쪽.

24. 사이토 다카시, 『곁에 두고 읽는 니체』, 251쪽에서 재인용.

25. 프리드리히 니체, 『차라투스트라는 이렇게 말했다』, 146쪽.

26. 시라토리 하루히코, 『초역 니체의 말』 1, 77쪽에서 재인용.

27. 프리드리히 니체, 『즐거운 학문』, 119쪽.

28. 프리드리히 니체, 『아침놀』, 113쪽.

29. 시라토리 하루히코, 『초역 니체의 말』 1, 209쪽에서 재인용.

30. 프리드리히 니체, 『인간적인 너무나 인간적인』 2, 57~58쪽.

31. 시라토리 하루히코, 『초역 니체의 말』 2, 박미정 옮김(삼호미디어, 2022), 213쪽에서 재인용.

32. 프리드리히 니체, 『인간적인 너무나 인간적인』 1, 418쪽.

33. 시라토리 하루히코, 『초역 니체의 말』 1, 36쪽에서 재인용.

34. 프리드리히 니체, 『인간적인 너무나 인간적인』 2, 415쪽.

35. 시라토리 하루히코, 『초역 니체의 말』 1, 30쪽에서 재인용.

36. 프리드리히 니체, 『즐거운 학문』, 229쪽, 421쪽.

37. 시라토리 하루히코, 『초역 니체의 말』 1, 50쪽에서 재인용.

38. 프리드리히 니체, 『바그너의 경우 · 우상의 황혼 · 안티크리스트 · 이 사람을 보라 · 디오니소스 송가 · 니체 대 바그너(1888~1889)』, 백승영 옮김(책세상, 2002), 158쪽.

39. 시라토리 하루히코, 『초역 니체의 말』 2, 141쪽에서 재인용.

40. 위의 책, 141쪽에서 재인용.

참고문헌

니체 원저

- 프리드리히 니체, 『인간적인 너무나 인간적인』 1, 김미기 옮김, 책세상 니체전집 7, 책세상, 2001
- 프리드리히 니체, 『인간적인 너무나 인간적인』 2, 김미기 옮김, 책세상 니체전집 8, 책세상, 2002
- 프리드리히 니체, 『아침놀』, 박찬국 옮김, 책세상 니체전집 10, 책세상, 2004
- 프리드리히 니체, 『즐거운 학문 · 메시나에서의 전원시 · 유고(1881년 봄~1882년 여름)』, 안성찬, 홍사현 옮김, 책세상 니체전집 12, 책세상, 2005
- 프리드리히 니체, 『차라투스트라는 이렇게 말했다』, 정동호 옮김, 책세상 니체전집 13, 책세상, 2015
- 프리드리히 니체, 『바그너의 경우 · 우상의 황혼 · 안티크리스트, 이 사람을 보라, 디오니소스 송가, 니체 대 바그너(1888~1889)』, 백승영 옮김, 책세상 니체전집 15, 책세상, 2002

2차 문헌

- 사이토 다카시, 『곁에 두고 읽는 니체』, 이정은 옮김, 홍익출판미디어그룹, 2015

- 시라토리 하루히코 엮음, 『초역 니체의 말』 1, 박재현 옮김, 삼호미디어, 2022

- 시라토리 하루히코 엮음, 『초역 니체의 말』 2, 박미정 옮김, 삼호미디어, 2022

- 황국영 엮고 지음, 『하루 한 장 니체 아포리즘』, 동녘, 2024